# Martin Amis

## Night train

"我利用在自己周围所看到的所有荒诞可笑的、人们所熟悉的、凄惨可怜的事情……在这些日子里，到处存在着寒伧破旧、苦难悲惨的景象。

　　"阐明社会因果关系并非小说家的事业。他们必须对他们所具有的艺术效果非常敏感。"

　　马丁的处女作《雷切尔文件》被誉为青春期赞歌。这部小说的时间跨度只有一个晚上，但是通过记忆联想和闪回等意识流手法，扩展了它的容量。主人公查尔斯·海威在他二十岁生日之夜，回想他第一次爱情经历。他是一位聪明、敏感的青年，渴望成为作家。在几本笔记本里，他写满了描述女友雷切尔·诺伊斯的文字。通过这些笔记和其他回忆，第一人称叙述者查尔斯展示了一个引人入胜的故事，机智幽默地描述他的成长过程和初恋的惊喜感受。马丁·艾米斯认为，"在青春期，人人都感到创作的冲动——想要写诗、写戏剧、写短篇小说。作家不过是那些把这冲动继续坚持下去的人。"

　　我们发现，马丁·艾米斯的创作冲动继续坚持着，而且他有一种黑色幽默的灵感。他的第二部小说《灵与魂的夭亡》，把幽默讽刺、生活堕落、荒诞暴行混杂在一起。这部小说写六个年轻人在伦敦郊区一幢大房子里度周末。时间跨度从星期五早晨至星期六。作者仍然使用意识流闪回手法，来扩展六个人物的生活经历和心理深度。当这群青年星期五聚在一起过周末时，来了三位美国客人。他们激起了大家放荡的欲望，在酗酒、吸毒之余，男女混居，任意淫乱。然后是一连串暴行：殴打、虐待、谋杀、撞车。此书的平装本改名为《阴暗的秘密》，因为《灵与魂的夭亡》这个标题实在太触目惊心了。这部小说如实暴露了西方社会的阴暗面，然而它的色情、暴力内容却可能会引起我们东方读者的强烈反感。

　　1984年出版的《金钱》是一部非常独特的社会讽刺小说。此书采用第一人称叙述，主人公约翰·塞尔夫是位极端令人厌恶的反派角色，集粗野、好色、蛮横、奸诈等恶习于一身。他的职业是制作电视广告和色情影片。他坦言其所有的嗜好都具有色情倾向，包括"诅咒、斗殴、射击、玩女人、吸毒、酗酒、吃快餐、赌博、手淫"。塞尔夫（Self）的英文含义是"自我"，可见他是个以自我为中心的人物。然而他自我意识的核心元素是金钱。他用金钱来购买一切，包括爱情。他的情人塞琳娜·斯特里特是交际花。斯特里特（Street）的英文含义是街道，暗示塞琳娜是出卖色相的街头女郎。她所做的一切都是为了钱。她和塞尔夫上床，她拍三级影片，都是为了金钱。塞尔夫与她臭味相投。他说，"我爱她的堕落"。他们做爱时不是说我爱你，而是说钱。只有钱才能帮助塞尔夫达到完美的性高潮。他内心情绪很不稳定，是偏执狂。他认为塞琳娜应该有众多情夫，这才显得她更够劲，更有价值。他又总是怀疑塞琳娜对他不忠，突然间没来由的惊恐不安、汗流浃背。约翰的父亲巴里·塞尔夫离不开毒品、女人、黄色录像、高级餐馆。他的情妇维罗妮卡是有露阴癖的脱衣舞女。他用儿子的钱来购买性爱。人与人之间没有伦理亲情，只有金钱关系。故事发生在1981年，查尔斯亲王和戴安娜王妃成婚，举国欢庆。这是个势利社会，金钱可以购买一切，而高尚的文化毫无意义，因此塞尔夫追求金钱而不追求艺术。他的另一位情妇玛蒂娜·吐温是个有文化的知识分子。她试图引导塞尔夫欣赏高雅艺术，消减他的满身铜臭。但是在塞尔夫眼中，印象派画家莫奈的作品不是艺术品，而是金钱的等价物。他的心灵已被金钱彻底地占领和腐蚀！小说的主题是金钱：描述了主人公如何得到它、保存它、消耗它、丢失它。在这过程中，塞尔夫日益腐化堕落、丧失自我。作者所使用的语言相当独特，充满着俚语、行话，弥漫着市井色情文学的特殊气息。在字里行间，响彻着金钱以及金钱的呼声，令人寒心地感到这里有一种异化压抑的气氛。这是一个国际性毒品文化的世界，吸食各种毒品的瘾君子令人恶心，人际关系极其混杂。塞尔夫表面上是个文化人，暗地里是个奸商，频繁往返于纽约和伦敦之间，靠走私毒品牟利，小说的场景也就随之而变换。在纽约和伦敦各有一个马丁·艾米斯，他们似乎是作者的化身。这些知识分子是在金钱世界中仅存的批判性良知。艾米斯给塞尔夫打工，为他写电影剧本。塞尔夫强迫他在剧本《良币》中添加暴力色情场景。后来塞尔夫穷困潦倒，与艾米斯下象棋赌博。艾米斯不肯手下留情，要将塞尔夫置于死地。最后，塞尔夫撞地铁列车自杀，终于得到了应有的下场。他口袋里那本用来赚钱的剧本《良币》成了陪伴他走向死亡的绝命书。在撒切尔夫人统治下的英国，经济暂时复苏，贪得无厌的拜金主义成了流行一时的社会风尚和万恶之源。作者对于这种资本主义社会的弊端深恶痛疾。作者以"绝命书"作为副标题，发人深省。金钱的破坏性控制力笼罩一切，要想摆脱它的控制，除了死亡之外别无它途。这是何等触目惊心的警示！

马丁·艾米斯1989年出版的《伦敦场地》，题词所示是献给他父亲金斯利·艾米斯的。此书篇幅将近五百页，是他最长的小说，其中蕴含的黑色幽默甚至超过了《金钱》。故事发生在伦敦西区拉德布罗克丛林，时间是1999年。作品结构并不复杂。

男主人公基思·泰伦特是个精力充沛、容易激动的飞镖手。他非常迷恋他的女友妮古拉·西克斯，又怀疑她不忠于爱情。读者感到有一种不祥的预兆，最后果然发生了惨案，西克斯被残暴地谋杀了。结果发现是死者本人精心策划，诱骗凶手杀害了她。在人们期盼的"至福千年"前夕，伦敦场地上居然发生了如此惨剧，资本主义世界还有什么希望！此书在1989年布克奖评委会中引发了一场剧烈争辩。两位女性评委麦吉·琪和海伦·麦克奈尔实在难以容忍女主人公西克斯被残暴杀害的血腥场面。由于她们竭力抗辩，此书被否决了。另一位评委戴维·洛奇为此悔恨不已。他认为当时五位评委的意见是3∶2，此书应该入选。

1991年出版的《时间箭——罪行的本质》是一部简短的小说。马丁·艾米斯借鉴了库尔特·冯内古特1969年的小说《第五号屠宰场》和菲利普·迪克1967年作品《时光倒转的世界》中的叙事技巧。作者在此显示出他对自己所掌握的辉煌技巧的极端自信：整个故事用倒叙法从坟墓回溯到摇篮，读者必须仔细辨认那些轶事和对话，把它们颠倒的时序重新理顺。在作者的颠倒叙述中，穿插了许多插科打诨的笑话，其五花八门的内容包括吃饭、排泄、争吵、做爱等等；与此并行的书中人物的倒叙，涉及令叙述者苦恼的道德价值判断。叙述者是二次世界大战中的纳粹战犯，他在盖世太保集中营里当军医。他不是用其医术救死扶伤，而是用它来蓄意杀人。他在战后逃亡到美洲，把时光之箭倒转过来，从死亡到出生把人生之路重新走了一遍。于是死于纳粹屠刀之下的犹太难民自然也活了过来，纳粹集中营里出现了奇特的复苏景象。食物不是从嘴里吃进去，而是从胃里反刍出来。清洁工不扫垃圾，而是往地上倒垃圾。既然一切都颠倒了，双手沾满鲜血的纳粹战犯的罪行也就被漂白了。这种是非颠倒的态度和研制原子弹的科学家何等相似！这部黑色幽默作品，启发读者去思考一个极其严肃的问题。那就是本书的副标题：罪行的本质——是非颠倒，人性泯灭！

1997年出版的《夜车》也是一部简短的作品。叙述者是一位颇有男子汉气魄的美国女侦探麦克·胡里竿。小说情节围绕着她老板年轻美貌的女儿的自杀案件逐渐展开，总体气氛灰暗、凄凉而充满着不祥预感。作者炫耀他的语言天赋，随意穿插美国本地土话、切口。评论界对此书毁誉参半。

2003年出版的第十部小说《黄狗》与《夜车》相隔六年之久。主人公汉·米欧是演员和作家。他的父亲梅克·米欧是极其残暴的强盗，早已死在狱中。他生活在父亲的阴影中，唯恐遇见父亲生前的仇人或同伙，害怕他们对他报复。在沉重的精神压力下，他变得十分孤僻，甚至疏远了自己的妻子和女儿。一直想实施报复的科拉，指使色情演员卡拉把汉诱骗到加利福尼亚，想以色相破坏其婚姻，但未得逞。汉在加州意外地遇见了自己的生身父亲安德鲁斯。这个意外发现使科拉放弃了报复的念头，因为他并非米欧的真正后代。小说把梅克·米欧作为暴君的象征，表现了主人公如何摆脱暴君影响的过程。他渴望摆脱亡父的阴影，正如那条哀鸣的黄狗试图挣脱背负的锁链。小说家泰勃·费希尔写道："我在地铁里阅读此书，唯恐有人从我身后瞥见我在读什么……就像你喜爱的叔叔在学校操场上被当场逮住手淫一样。"马丁·艾米斯却说这是他最好的三部小说之一。此书入围当年布克奖候选小说之列，但最终未能获奖。

《怀孕的寡妇》原来打算在2008年问世，后来一再修订，拓展到四百八十页篇幅，到 2010 年才正式出版。此书的主题涉及 1970 年代欧美的性革命，西方世界两性关系的规范从此改观。然而，旧的道德伦理被摧毁了，新的道德伦理尚未诞生。亚历山大·赫征将这个过渡时期称为"怀孕的寡妇"，暗示逝者已去，新儿未生，尚在寡妇腹中。作者以此作为本书标题。故事发生在意大利凯潘尼亚一座城堡中，主人公基思·尼亚林是一位文学专业的英国大学生。 1970 年夏季，他与一群朋友到意大利度假。他们亲身体验了男女两性关系的变化。叙述者是处于 2009 年的基思本人的"超我"，即他的道德良心。与基思一起到意大利度假的有他若即若离的女友丽丽以及她那位富于魅力的闺蜜山鲁佐德（这位姑娘与《一千零一夜》传奇中的公主同名）。基思与山鲁佐德互有好感，丽丽因而开始折磨基思。小说下半部的情节发生出乎意料的转折，给基思后来的爱情生活留下了难以磨灭的痕迹。此书幽默、机智、感伤，是对于性革命浪潮中失去自控能力的年轻人的漫画写照。

2012 年出版的《莱昂内尔·阿斯博：英格兰现状》是马丁·艾米斯的第十三部小说。此书似乎可以看作《金钱》的续篇，金钱魔力在此书中引发的闹剧甚至比前者更为夸张。故事发生在伦敦迪斯顿市镇。主人公德斯蒙德·佩珀代因住在大厦第三十三层。这位少年的同龄伙伴们在街头打架，他却在图书馆里看书。他的舅舅阿斯博是个贪得无厌的流氓无赖，臭名昭著的罪犯恶棍。他以独特的方式关怀外甥，对他谆谆告诫：男子汉必须刀不离身，与女朋友约会还不如色情挑逗管用，在斗狗场里赢钱的诀窍是用塔巴斯科辣酱拌肉片喂狗。然而德斯对此毫无兴趣，他在书本的浪漫天地中寻求慰藉，这种娘娘腔的行为使他舅舅火冒三丈。德斯学识增长，逐渐成熟，想要开始过一种更加健康的生活。这时阿斯博买的奖券突然中了一亿四千万英镑大奖。一位工于心计的诗人模特儿委身于阿斯博，成了他的情妇。阿斯博腰缠万贯而始终不改其流氓本色，然而舅甥俩的人生轨迹却从此发生了剧烈变化。有人认为作者是以轻蔑的目光审视大英帝国的沉沦。马丁·艾米斯辩称此书并非"皱着眉头对英国评头论足"，而是以"神话故事"为基础的一幕喜剧，并且坚持认为他"作为英国人，深感自豪"。

英国小说家、评论家 A. S. 拜厄特认为，现代英国小说有两种传统。第一种传统是前现代的现实主义。菲尔丁是这种传统的鼻祖。这种传统侧重于小说模仿现实、记叙历史的功能，并且通过"情节"与"人物"之间的交织来表述，注重思维的逻辑性、时间的顺序性和文字的清晰性。第二种传统是现代的实验主义。其远祖可以追溯到斯特恩。这种传统侧重于小说的虚构功能，强调探索小说本身的形式结构，挖掘其象征内涵，并且认为叙述技巧与形式结构的标新立异比思维的逻辑性、时间的顺序性、文字的清晰性更为重要。

二十世纪八九十年代，英国小说出现了两种传统交汇合流的趋势。马丁·艾米斯正是这股潮流的代表人物。他在接受记者采访时曾经说过："我可以想象这样一部小说：它和罗伯-格里耶的那些小说一样复杂微妙、疏远异化、精心撰写，同时又能提供节奏、情节和幽默方面沉着而认真的满足感，这些品质使我联想起简·奥斯丁的作品。在某种程度上，我想这是我自己正在试图去做的事情。"马丁·艾米斯兼收并蓄的创作方式，不仅继承了英国小说的现实主义和实验主义传统，而且从法国罗伯-格里耶的新小说、爱尔兰乔伊斯的意识流小说和美国小说家冯内古特、索尔·贝娄、纳博科夫那里借鉴了不少新颖技巧。他的标新立异来源混杂而丰富多彩。在当今英国文坛，不少青年作家深受他的影响，威尔·塞尔夫和扎迪·史密斯便是其中的佼佼者。

虽然作者自嘲他的小说不过是游戏文章，我们千万不要被他那种令人眼花缭乱的叙事技巧所迷惑。他创作的那些"讽刺漫画"中所蕴含的社会批判和价值判断，表明他是具有社会责任感的严肃作家。 1989 年春，我在伦敦英国国家图书馆中初次阅读马丁·艾米斯的《金钱》时感到十分震惊。狄更斯《双城记》的场景在伦敦和巴黎两个城市展开，《金钱》的叙事线索也在伦敦和纽约两个城市之间交织。在西方的传统观念中，爱情是纯洁的、神圣的。《双城记》主人公席德尼·卡尔登是典型的英国绅士。他为自己心爱的女人献出了宝贵的生命。《金钱》的主人公塞尔夫简直是个卑鄙畜生，情妇是他用金钱购买的泄欲工具。摒弃了圣洁的光环，爱情异化为买卖，英雄堕落为反英雄。我原来以为英国是一个具有绅士之风的国度。彬彬有礼的英国绅士，怎么会变成塞尔夫那样猥琐卑鄙的恶棍？我简直无法接受这样的人物形象！

起初我觉得马丁·艾米斯的小说令人反感，难以卒读。后来我注意到，约翰·塞尔夫在小说中自称"六十年代的孩子"。我知道二十世纪六十年代欧美社会经历过一场激进自由主义社会风暴。正是这股强烈的右倾社会思潮，冲垮了西方传统道德的底线，英雄才会异化为反英雄，神圣的爱情才会异化为可用金钱交换的生物本能。

与英国著名小说家多丽丝·莱辛研讨当代英国小说发展，使我对此有了更深入的思考。她严肃地指出："西方现代文明的发展，造就了整整一代文明的野蛮人。他们受过充分教育，掌握了现代科学知识，却用它来满足永无止境的物质欲望。西方现代文明的发展造成了野蛮的后果。虽然科学昌明、物质丰富、经济繁荣，但是精神空虚、传统断裂、道德沦丧、贫富悬殊、两极分化、民族冲突、性别歧视、国家对立、战争灾难、资源消耗、环境污染……中国现代化千万别蹈西方覆辙，必须另辟蹊径，走自己的路。"读到马丁·艾米斯小说中的色情暴力场景，莱辛关于"文明的野蛮人"这个振聋发聩的警句，就在我心中回响。也许这就是阅读马丁·艾米斯的价值所在吧。

献给索尔和贾尼思

# 目　录

第一部

反　冲

我是一名警察。这么说感觉好像要做什么特别的声明，或暗含某种不寻常的意义，但它只是我们习惯的说法而已。在我们这行，我们不会用"我是男警"或"我是女警"或"我是警官"这样的说法，我们只会说"我是警察"。我是一名警察。我是警察，而我的姓名是迈克·胡里罕，职位是警探。此外，我还是一个女人。

　　现在我要讲的，是我所遇过的最糟的一件案子。"最糟"这两字，在我看来，当你身为警察之后，就变成一种颇有弹性的概念。你难以固定"最糟"两字的定义，它的疆界每天都在不断往外扩展。"最糟？"我们会这么说，"根本没有'最糟'这种东西。"不过，对迈克·胡里罕警探来说，这件案子就是最糟的一桩。

　　刑事侦查局位于市中心，这里有三千位同仁，分成许多部门、科室、小组和分队。这些单位的名称可说变化多端：组织犯罪、重大犯罪、人身伤害、性侵害、窃车、票据欺诈、特别调查、资产没收、情报、缉毒、绑架、闯空门、抢劫……以及谋杀。这里只有一扇扇上面标有"罪"的玻璃门，却没有一扇标有"孽"的玻璃门。犯罪的市民是攻击的一方，而捉贼的我们则是防卫的一方，这就是一般人的看法。

关于我个人生活的"十张牌"[1]是这样的：十八岁那年我进入皮特·布朗大学攻读刑事司法硕士，但我真正的志愿是第一线的工作。我按捺不住，便去参加州警考试、边境巡警考试，甚至参加监狱管理员的测试。我全都考上了。我还参加警察特考，结果也一样通过。所以我离开皮特·布朗，进入警察学校就读。

刚开始我在南区担任巡警，成为四十四街治安维护部门的一员，我们徒步或驾警车巡逻。后来我到"老人抢劫案组"待了五年，其间我积极办案，主动出击伪装诱捕，这让我得以晋升为便衣警察。之后，我又通过测试，佩上盾形警徽调至市中心。目前我在"资产没收组"服务，不过在这之前我在凶案组待了八年。我办过不少命案，我曾经是个专办命案的警察。

用几句话来形容我的外貌吧。我的体型遗传自我的母亲，她可以说走在她那个时代的前端，形象看起来颇似今日言必及政治的女性主义者。我妈几乎可以在那种以核战过后为背景的公路电影[2]中，扮演穷凶极恶的恶汉角色了。我还遗传了她的声音，而且经过三十年的尼古丁熏陶后，这声音低沉的程度更加严重。我的相貌遗传自我的父亲，这张脸很乡土，平淡无奇，一点也不城市化，不过我的头发倒是金黄色的。我在这座城市的"月亮公园区"出生，在这座城市长大，但后来遭逢变故。十岁那年我便由

---

1 西方流行以塔罗牌占卜，作为反映个人过去生活及预示未来的工具。作者说的"十张牌"可能是指塔罗牌的十字占卜法，每张牌都含有重要的讯息。
2 第二次世界大战以后，在美国出现一种以汽车和公路为典型叙事元素的电影，其主人公的命运和故事情节的展开往往和公路息息相关。

州政府接手抚养，迄今我仍不知我父母人在何方。我身高一百七十公分，体重八十一公斤。

有人说最刺激的部门就是缉毒组（脏钱也最多），而公认最有乐趣的部门则是绑架案组（如果美国的谋杀案多半是黑人对黑人的话，那么绑架案则多半是帮派对帮派）。性侵组有它的支持者，扫黄组也有其信徒，而情报组正如其名（情报无远弗届，揪出匿影藏形的坏人），不过，所有人都默认凶案组是老大。凶案组才是真正的主角。

在这座规模属于第二级、因那座日本人出资兴建的巴别塔、港口码头、大学、最具有前瞻性的公司（计算机软件、航天科技、生化制药）、高失业率以及灾难性的纳税市民搬迁而小有名气的美国城市[1]，一个凶案组的警察每年可能要侦办十几件凶杀案件。有时你是这件案子的主要调查员，有时你则担任副手。我承办过的凶杀案件至少上百，破案率则刚好高于平均值。我能鉴识刑案现场，而且不止一次被称为"优秀审讯员"。我的文书工作做得棒极了，当我从南区调到刑事侦查局时，每个人都以为我写的报告只有区级程度，但其实我老早就具有市级的水平了。不过我还是精益求精，追求百分之百的完善。有次我完成一件非常、非常令人满意的工作，针对发生在七十三街的一起棘手命案，根据两名同为目击者和嫌疑犯的口供，整理出两份针锋相对的笔录。"比起你们这些人给我看的东西，"亨里克·奥弗玛斯警司拿着我的报告，在所有组员面前说，"这才是他妈的雄辩，

---

1 作者虽自创地名街名，刻意模糊作为场景的城市，但由这段叙述极有可能为美国西岸大城西雅图。

这是他妈的西塞罗[1]对罗伯斯比尔[2]。"我竭尽所能，务求完美。在我的警察生涯中，我大概处理过上千件不明原因的死亡案件，而其中大部分被证明为自杀、意外事故或疏于照料致死。因此我几乎什么场面都见识过了：跳楼的、分尸的、掩埋的、沉在水中的、浑身是血的、浮在水面的、举枪自尽的、爆炸致死的。我见过年仅一岁被棍棒殴死的尸体；也见过九十岁还被轮奸杀害的老年妇女的尸体；我还见过陈尸甚久，只能靠秤蛆虫重量以推测死亡时间的尸体。然而，在我所见过的这些尸体中，没有一具像珍妮弗·罗克韦尔的尸体那样，让我刻骨铭心，难以释怀。

我之所以说这些，是因为我自己也是这个即将开展的故事的一部分。我认为有必要事先交代一下我个人的历史背景。


到今天——四月二日——我认为这件案子已经"解决"——它结束了，完成了，被放下了。但是，这件案子的解答却引出更复杂的问题。我已经把一个打得很死的结，松成一堆乱七八糟的线头。今天傍晚我将和保利见面，到时我会问他两个问题，而他会给我两个答案，然后一切就算了结了。这件案子是最糟糕的一件。我纳闷：只有我这么认为吗？但我知道我是对的。事情正是如此，千真万确，没有半点虚假。保利是这个州的"切割手"，我们是这么称呼他的。他为州政府做切割，他解剖切开人们的身体，然后告诉你这些人是怎么死的。

---

1 全名为马库斯·图利乌斯·西塞罗，罗马共和国晚期的哲学家、政治家、律师、作家、雄辩家。
2 全名为马克西米连·佛朗索瓦·马里·伊西多·德·罗伯斯比尔，法国大革命时期政治家，是雅各宾派的实际首脑及独裁者。

我得先说声对不起，为我所使用的不当言语、不健康的讽刺和我的顽固而道歉。所有警察都是种族主义者，这是我们工作的一部分。纽约警察恨波多黎各人，迈阿密警察恨古巴人，休斯敦警察恨墨西哥人，圣地亚哥警察恨印第安人，波特兰警察恨爱斯基摩人。在我们这里，我们痛恨所有非爱尔兰人，或者所有不是警察的人。任何人都可以成为警察——无论你是犹太人、黑人、亚洲人或女人——而当你一旦跨进来，加入这个被称为"警察"的种族，你就不得不去憎恨其他种族的人。

以下的数据和文件记录，是在过去的四星期中，一点一点地拼凑起来的。我得再说声抱歉，因为文件中的时态可能不太一致（这很难避免，因为写的是一个很近的死亡案件），出现的对白可能不太文雅。我想，我还应该为结局而致歉。我很抱歉，很抱歉，真的很抱歉。

对我而言，事情是在三月四日那天晚上开始的，然后一天一天开展。我打算就用这种方式来说这件事。

## 三月四日

那天傍晚我一个人在家，我的男人托比参加某个计算机大会，出城去了。我还没吃晚餐，独自坐在沙发上，伴随我的是"小组讨论"笔记以及身边的一个烟灰缸。当时是晚上八点十五分。我之所以清楚记得这个时间，是因为刚好有一班夜车经过，把我从瞌睡中惊醒。夜车那天来得早了些，每逢星期天总是如此。它摇动我脚下的地板，也让我的房租向下直直滑落。

电话铃声响起。打电话来的人是约翰尼·麦克，或称约翰·麦克堤奇警官。他是我在凶案组的同僚，一直担任小队长职

7

务。他是个好人，也是个好警官。

"迈克？"他说，"我要告诉你一件大案子。"

我说，好啊，说下去吧。

"这是件很糟糕的案子，迈克。我想请你替我去告知一下。"

"告知"的意思是——通知死亡讯息。换句话说，他希望我去告诉某人，说他有某个亲人死掉了。由他的声音我可明显听出，有某个他们喜欢的人死掉了，而且死得突然，死得惨烈。我心想，我当然也可以说："我不再干这种事了。"（虽然资产没收组其实也很难和尸体脱离关系），然后接下来我们可能就会有一段类似电视剧才有的那种狗屁对话内容。他会说你得帮帮我，或迈克，我求你了，而我会说算了吧，门都没有或少做梦了，老兄，直到所有人都听烦了，而最后我还是得答应下来。我的意思是，当你只能说"是"的时候，为什么要说"不"呢？所以我只好再说了一遍：好啊，说下去吧。

"汤姆局长的女儿今天晚上自杀了。"

"珍妮弗？"我脱口而出，"你他妈的鬼扯！"

"我希望我是在鬼扯，迈克。但真的，情况就是这么糟。"

"她怎么自杀的？"

"点二二口径手枪，塞进嘴里的。"

我没吭声，等他继续说下去。

"迈克，我希望你去告知汤姆局长，还有米里亚姆。马上去。"

我又点上一根烟。我已经戒酒了，烟却断不了。我说："珍妮弗八岁的时候，我就认识她了。"

8

"我知道，迈克。所以你懂了吧？如果你不去，那谁去呢？"

"好吧。不过你得先带我去现场。"

我走进浴室上妆，草率得像某个例行公事，擦桌拖地般完成。我瘪嘴看着镜中的脸。以前我可能还有几分姿色，我猜，但现在我只是个大块头的金发老女人。

没有多加思索，我发现自己已带好笔记本、手电筒、橡胶手套，以及我那把点三八短管手枪。


一旦你当上了警察，你很快就得习惯那种我们称之为"是，没错"类型的自杀案件。你打开案发现场的房门，看见尸体，环顾整个房间，然后说："是，没错。"但是，这次绝对不是那种"是，没错"类型的自杀。珍妮弗八岁的时候我就认识她了，她是我喜爱的那种类型之一，也同时得到所有其他人的宠爱。我看着她长大，愈来愈亮丽、愈来愈美艳，完美到令人不知所措的地步。的确，我心想，这是让人愿意为之赴死的亮丽，是让人愿意为之舍命的美艳。这种美丽并不让人觉得压迫，或者说，它仅带有一点点那种亮丽美艳的女人自动散发出来的压迫（无论她们是多么平易近人）。她什么都有，而且不只这样，她所拥有的可以说比别人更多。她的父亲是警察，她那两位年纪大她许多的兄长也是警察，两个都在芝加哥第六区的警局工作。珍妮弗不是警察，她是蒙特利这里的天文学家。至于男人……她随手捻来，要多少有多少，CSU 大学就是她的罗曼史基地。但最近——天啊，我不知道——大概有七八年了吧，她一直和那个大脑发达的意中人——特雷弗·福克纳教授——同居。这绝对不是一个

"是，没错"的自杀案件，这是一个"不，有问题"的自杀案件。

我和约翰尼·麦克共乘一辆没有警徽标志的侦防车来到现场。这里是惠特曼大道，各式独栋或半独栋的住宅，林立在宽阔的林荫道路两旁。在二十七街边有一栋学院宿舍，我在这里下了车，身穿运动裤，脚蹬轻便鞋。

照例，现场来了好多警车和警察。鉴识人员和法医也来了，还有托尼·西尔维亚和奥坦·欧伯伊，他们全在屋子里。现场还有一些邻居，都是来围观的，完全不必加以理会。警车车顶警示灯光芒闪耀，穿制服的警察在灯光下穿梭，我知道他们全被调来为这突发的重要案件奔走。在南区也一样，你只要按下无线电开关说有警察倒了，就会出现同样的景象。 倒了这字眼，通常表示大麻烦，有时在一场追逐后倒在某个复杂巷弄，有时倒在某个仓库地板，或双手蒙眼倒在某个已人去楼空的偏僻毒品交易场所。每当有人发现有警察遇害后，所有人都会为了这位遇难的警察超时工作，并且用上种种特殊手段。因为这是属于种族的事，这是对我们每一个人的攻击。

我亮出警徽，在大门前的重重穿制服的警察中开出一条通道。今晚的月亮很圆，反射出的太阳光芒落在我的背上。即使是最多情的意大利警察，也不会在这种时刻咏叹月圆，你的眼光只会落在那超时百分之二十五到百分之三十五的工作量上。一个周末月圆之夜，而我们只能在急诊室轮班守候，注视在外伤中心进进出出的人们。

在珍妮弗公寓的房门口，我遇到了西尔维亚。西尔维亚曾经和我合作过很多案子，我们就像这样，一起站在许多突逢巨变的家庭中。不对，这次完全不一样。

"天啊，迈克。"

"她在哪里？"

"卧室。"

"你看完了？等等，别告诉我。我自己进去。"

珍妮弗的卧室就在客厅旁边，我知道该怎么走，因为我曾经来过这里。这些年我可能来过十几趟，有时替汤姆局长带点什么东西过来，有时是载珍妮弗去参加球赛、沙滩派对，或是部长的某个宴会。除她以外，特雷弗也曾经顺道搭过一两次便车。尽管这是一种因职务而建立起的友谊关系，但我们每次在车上都很有话聊。我走过客厅，来到卧室门边时，脑海突然闪过一个画面。那是几年前的一个夏天，在奥弗玛斯警司装潢完工后举办的宴会上，我看见珍妮弗从她捧了一整晚的白酒杯上抬头，对我微微一笑（那时除了我以外，几乎所有人都醉了）。当时我想，她真是个容易快乐的人啊，更是上天的宠儿。我至少需要一百万吨的威士忌，才有办法让自己燃烧起来，绽放出她仅需半杯白酒下肚就能释放出来的那种令人神魂颠倒的风采。

我走进房间，将房门带上。

照程序，是应该这么做的：你必须以绕圈的方式缓缓进入现场，从最外围开始，最后才是陈尸处。别误会，我当然知道她在哪里，尽管我的直觉是在床上，但她其实是坐在一张椅子里。那张椅子就在房间的角落，在我的右手边。除此之外，房间里还有半掩着遮去了一半月光的窗帘、有条不紊的化妆台、蓬蓬乱乱的床单，以及一种淡淡的属于肉欲的气味。在她脚边，有一个破旧的黑色枕头套，另外还有一罐303清洁喷雾剂。

11

我说过，我早已习惯与尸体为伍，但当我看见珍妮弗·罗克韦尔时，仍不免全身发热。她全身赤裸地坐在椅子上，嘴巴张着，眼睛仍水汪汪的，脸上带着一种天真的惊讶表情。这个惊讶很轻微，一点也不夸张，就像在不经意中突然发现某个早已遗忘的东西似的。话说回来，其实她并不是全裸。噢，天啊，她动手的时候是用毛巾裹着头的，就像你洗完头打算吹干之前的样子。当然，现在那条毛巾已经湿透了，变得完全血红，看起来沉甸甸的，似乎重得让任何活着的女人都无法支撑。

不，我没有碰她。我只是专心记我的笔记，画我的现场素描，完全从专业的角度——仿佛我又被调回了凶案组。那把点二二手枪屁股朝上侧向一边，抵住一只椅脚。在离开房间之前，我用戴着手套的手把灯关掉了一会儿，看着她的眼睛在月光底下闪闪发亮。刑案现场就像报纸上的图案智力测验，观察差异，你就会发现错误。珍妮弗的胴体美极了，无法想象竟然会有人的身体可以像这样，然而，这之中却有件事情不对——这个胴体是死的。

西尔维亚走进来，将凶器装进了袋子里。然后刑事鉴识组的技师会来采指纹、测量距离、拍摄许多相片。接着法医会过来，把她推走。最后，就是宣布她死亡的时候了。

关于女警的问题，至今仍然争论不休。争论的焦点在于她们是否能胜任工作，或是她们究竟能撑多久。换个说法，也许是我个人的问题——说不定我正是那种拖垮其他人的笨蛋。举例说吧，在纽约市警局，女警人数就占了百分之十五，而全国各地的女性警探也屡有亮眼表现，干得有声有色。可是，我总觉得这些人是非常、非常杰出的女性。当我自己在凶案组的时候，我不止一次对自己说，放手做吧，没人可以阻挡得了你，大胆去做就对了。调查谋杀案是男人的工作。男人犯下凶案，事后由男人来收拾残局，由男人来破案，而后再由男人来审判。因为男人天生喜欢暴力。女人和凶杀案真的扯不上边，除非是当被害人，或是死者家属，当然，还有扮演目击者的角色。我记得十几年前，在里根总统第一个任期快结束前所进行的军备扩张时期，当时所有人都挂念核武器的问题，而那时我也觉得那场最终的大谋杀就快来临了。我想象会有一天，我收到勤务调度员的呼叫，告知我有五十亿名死者的事："全都死光了，除了你和我。"光天化日下，男人都坐在桌前，意识清楚地策划各种可以杀掉所有人的草案计划。我大声询问："那么女人呢？她们都上哪去了？"女人那时候上哪去？我来告诉你：她们都变成了目击者。那些排列在英国格林汉康芒 [1] 的帐篷外，以出席和怒视让那些军人为之疯狂的姑娘们——她们就是目击者。理所当然，关于核武器的部署与使用，完全都是男人的事。谋杀是一种男性的作为。

　　不过，倒是有一件与谋杀案相关的工作，由女性来做会比男性好上一千倍，那就是传达通知——关于消息的传送散播，女人可以说是个中好手。男人总是把这种事情搞砸，因为他们处理情绪的方式向来如此。他们总是把通告死亡当成一种任务，于是他们会变得像个牧师、像个街头公告员，或麻木恍神地有如在朗读期货交易单或保龄球计分表。然后，直到中途，他们才忽然觉醒他们正在做的是什么事，但那时的事情可以说差不多已砸锅了。

---

1　格林汉康芒，为冷战时期北约部署核武器之空军基地。1982 年曾有妇女团体在此发动和平示威，以三万个女人手拉手形成长达九公里的人链围住此基地。

13

我就曾亲眼见过，有位巡警在某个可怜人面前大笑出声，此人的妻子才刚惨死在货柜车的车轮底下。直到这种时刻，男人才明白他们的不胜任，但一切都来不及改变了。相对而言，我敢说女人能立即感觉出事情的轻重，虽然这种事的困难度仍在，却还不至于无法处理。当然，有时候他们会突然大笑出声——我说的是那些被当成死者家属的人。当你正要开始例行的"我很难过传达此消息"的任务时，他们却在凌晨三点吵醒隔壁邻居，要他们加入这场派对。

但是，这种事今晚并不会发生。

罗克韦尔家位于西北郊区，从布莱克索恩出去约二十分钟的车程。我让约翰·麦克堤奇留在车上，自己则像以前来访时那样，绕过屋子向后门走去。当我走到屋子侧面时，我暂时停下脚步，为的是踩灭香烟，深吸几口气。此时，穿过那扇玻璃窗、穿过厨房的那些盆栽，我看见了米里亚姆和汤姆局长。他们正翩翩起舞，在荡人心弦的萨克斯风音乐下，忘情地扭转摇摆。他们还举杯互敬，杯中盛着的是醇美的红酒。天上，圆满的月亮在云朵中穿梭露脸，仿佛那些云朵是属于月球的，而不是我们地球上的东西。没错，这是一个美到令人难以忘怀的夜晚，而这种美丽也是这个故事的一部分。像是刻意为我设计的，在这幅镶在厨房窗户上的图画中，我看到的是：一段四十年的婚姻，竟然还他妈的存有爱意在里面。就在这个月光映照有如白天的甜美夜晚。

若你像我此时一样，身上带了这种不幸的消息时，你的身体就会产生特别的反应。它会感觉到一种凝聚力，感觉到自己的重要性。它会感觉到力量，因为它带在身上的是一个强大无比的事实。你可以用自己喜欢的方式描述，但事实却是不容质疑的。事实就是事实。事实就是这样。

我轻敲有半面玻璃的后门。

汤姆局长说，很高兴看到我。他眉头皱也没皱，没有一丝的不悦，完全没怪罪我跑来让这个夜晚黯然失色。但是，就在他把门打开的刹那，我就感觉自己的脸垮下来了。我知道他会怎么想，他一定以为我又故态复萌了。我说的当然是指酗酒。

"迈克？天啊，迈克，你没事吧？"

我说："汤姆局长？米里亚姆？"但米里亚姆已经逃开了，以三十二英尺每平方秒[1]的速度离开了我的视线。"你女儿没了，今天发生的。你失去珍妮弗了。"

他看起来像在努力保持微笑，似乎笑容能把这件事化解掉，但微笑却转而变成否认。那年他们生了戴维，来年生了乔舒亚。然后，隔了十五年，他们才有了珍妮弗。

"真的，她真的走了，"我说，"是她自己下的手。"

"胡说八道！"

"汤姆局长，你知道我一向敬爱你，绝对不会对你撒谎。但是长官，你的小女儿的确亲手结束了自己的生命。她真的这么做了，真的。"

他们匆匆拿了大衣，我们便开车返回城里。米里亚姆没下车，和约翰尼·麦克一起留在车上。汤姆局长则进入巴特利和杰佛逊路口的法医室，颓靠在冷冻柜门边完成指认过程。

至于另一边，奥坦·欧伯伊会开车去东边的校园，把这消息带给特雷弗·福克纳。

---

1 此为地球表面的重力加速度。

15

## 三月五日

早上醒来时，看见珍妮弗就站在我的床尾。她似乎在那儿站很久了，只等我张开眼睛。然而，我睁眼细看，她却消失不见了。

我想，当人死后变成鬼魂时，初期一定有很多分身。一开始他们是很忙碌的，因为有那么多的卧房必须造访，必须站在那么多熟睡者的面前。

或许，会有那么两三个熟睡者，是死者永远不忍离去的对象。

## 三月六日

星期二我上的是夜班。因此，每逢星期二我通常都会在里德贝特待一个下午，身穿很正式的暗灰色套装，坐在这栋位于威尔莫路汇入格兰治路的丁字路口大楼的十八楼办公室里。目前我是这里的兼职安全顾问，不过等我服务满二十五年后，我会改成上半天班或花更少的时间工作。那一天就快到了——我开始服勤的时间是一九七四年九月七日——退休这家伙早已凑近我身边，嗅闻我是否已经熟透。

门口服务台的人拨电话进来说我有访客，来宾自称罗克韦尔局长。坦白说，我有点惊讶他那么快就能恢复正常，外出活动。我只知道那两兄弟已从芝加哥赶回来，电话从早到晚响个不停。罗克韦尔家族正陷入一团混乱之中。

我把手上正在检视的计算机声控安全系统配置图放到一边，整理了一下仪容。同时，我按铃通知琳达，请她到电梯口等局长，引他过来这里。

他走进我的办公室。

"嗨，汤姆局长。"

我迎上前，但他似乎有意避开我的拥抱，就连在我们替他脱下大衣时，他也低垂着脸，直到坐在办公室那张皮椅里，他的头都还是低着的。我走回办公桌后，主动开口：

"还好吧？汤姆局长？"

他耸耸肩，缓缓吐气，然后才抬起头。而此时我所看见的，是一种不常出现在那些极度悲伤者身上的情绪：惊慌。在汤姆局长的眼神中，流露出的是一种原始、弱智的惊慌——让人不由得思考起兔脑袋[1]这个字眼的意思。此外，这种惊慌也传递感染了我。我暗想：他是陷溺在梦魇里，但现在我也跟着掉进去了。万一他放声尖叫的话我该怎么办？跟着尖声大叫吗？是不是所有人都应该尖叫呢？

"米里亚姆没事吧？"

"很平静。"他说，但回答得有点慢。

我沉默了一会儿。"别客气，局长，"我说，觉得自己还是多多少少做点能安慰他的事比较好，"你有什么事就尽管说。"

我在凶案组的大部分时间，都是由汤姆·罗克韦尔担任组长，后来他才平步青云，搭上快速升迁的电梯并按下直达顶层的按钮。十年之间，他先当上勤务中心主任，接着调升人身伤害犯罪组的主管，然后又当上刑事侦查局长。现在的他是大人物了——他不再是警察，而已变成了政治人物，玩的是统计、预算

---

1 原文为 harebrained，有愚蠢、欠考虑之意。

和公共关系的把戏。他可能会当上警务处长，天啊，他说不定还能当上市长。"那全都是些狗屁倒灶的鸟事，"他有次对我说，"你知道我算什么吗？我不是警察，我根本就是个联络员。"但是，这位长袖善舞的联络员局长，如今却静静坐在这儿，闷不吭声。

"迈克，这件事有点蹊跷。"

再次，我又沉默了一下。

"有事情不对劲。"

"我也这么觉得。"我说。

这只是句打官腔的话，却引来他热切的目光。

"你有什么看法？迈克？别以朋友立场，而是从警方专业的观点。"

"从警方的观点？汤姆局长，若从警方的观点，我必须说这件案子看起来像是自杀。不过，这也可能是个意外事件。现场留有一块破布，还有一罐303。也许她那时是在擦枪，结果……"

他的身体颤抖了一下。我当然明白结果是怎样。她将那把点二二手枪放进嘴里做什么？也许想尝尝看味道吧，尝尝死亡的味道，结果就……

"是特雷弗，"汤姆局长说，"一定是特雷弗干的。"

唔，这个看法需要一点时间才能确定。的确，有时候一桩明显的自杀案件，在经过侦查后，会转成蓄意谋杀。只是，这种侦查所需时间大概不到两秒。例如，有次在德斯特利还是奥斯维尔区，有个黑人在星期六晚上十点用霰弹枪把他马子轰成了蜂窝。但在几杯黄汤下肚后，他孵出了一个漂亮的计划：他要让现场看起来像她自己做的。于是他把凶器擦干净，把死者撑起来放在床

18

上之类的地方。他甚至很积极主动地写了一张字条，用的是自己明明白白的笔迹。在我们组里的公布栏上，就曾钉过一张类似的字条，上头写着："再见了，狼毒的市界。"[1] 呃，这是件令人伤心的麻烦事，马维斯。在现场的你这么说，你是接到马维斯自己报案的电话才赶来的。 怎会这样呢?而马维斯回答： 她最近心情很不好。说完，马维斯很小心地离开房间。他那部分的工作做得很完善，想不出还有什么事情好添加。不过，现在轮到我们上场了。你检视尸体：伤口上没有烧焦痕迹也没有弹壳残片，而血迹则喷溅在错误的枕头和错误的墙壁上。于是你到厨房去找马维斯，看见他站在那儿，一手拿着一个小透明塑料袋，另一只手拿着一根加热过的汤匙。 好极了，马维斯，谋杀加上海洛因。跟我们走吧，回局里去。因为你是杀人犯，因为你是报废的毒虫。这就是为什么。把一个凶杀命案布置成自杀案件，你说七十七街的猪脑小子还有可能这么做，但你说特雷弗·福克纳? 这位CSU大学科学哲学系的副教授？ 不可能。这种"聪明"的谋杀事件不可能发生。说教授干下这种事，根本是鬼扯，完全没有……参考价值。是的，没错，杀人是件蠢之又蠢的事，而只有两种办法能让你比较漂亮地完成：运气和经验。不过如果你对付的对象是健康的年轻人，而使用的又是暴力手段，那么所谓谋杀与自杀的灰色地带根本不会出现。这种地带只会出现在电视剧里，是狗屎，是西红柿酱。要是真有灰色地带，也难逃我们的法眼，不可能发生疏漏——因为我们都希望自杀变成他杀。我们绝对喜欢他杀。一桩人为的谋杀案件代表加班费，代表破案率，代

---

1 嫌犯写了错字，把 Cruel World（狼毒的世界）写成 Crule Whirld。

表在组里的击掌庆功。而自杀呢？对任何人都没他妈的半点好处。

这不是我，我心想。坐在这里的人并不是我。我心不在焉。

"特雷弗？"

"特雷弗。他在现场，迈克。他是最后一个看到她的人。我没说他是……但一定跟特雷弗有关。她是特雷弗的爱人。绝对是特雷弗。"

"理由呢？"

除了他还会是谁？

我没回答，有意避开这个话题。但他仍继续说下去，用的是刻意压抑过的语气。

"如果我错了，你可以纠正我。你看到过比珍妮弗快乐的人吗？你听说过比珍妮弗幸福的人吗？谁的生活比她平静稳定？她是……她是如此阳光灿烂。"

"是的，你说的没错，汤姆局长。可是一旦真的进入某人内心世界的时候，我想你我都很清楚，那儿总是有一定的伤痛存在。"

"那儿不会有……"

突然，他的声音噎了一下，像是想到什么恐怖的事。我猜他一定是想到珍妮弗死前的最后时刻。他喉咙一连吞咽了好几下，才继续说下去：

"什么伤痛？迈克，她为什么没穿衣服？珍妮弗平常那么端庄，她身材那么好，但连比基尼都没穿过。"

"对不起，长官，这件案子应该在调查了吧？是西尔维亚负责的吗？怎么了？"

"我把它扣住了，迈克，现在这件案子尚待调查。我想请你帮我这个忙。"

电视，或诸如此类的媒体，已对犯罪者造成极恐怖的影响，替这些人树立了模范。电视也彻底毁掉了全美的陪审团，毁掉了全美的律师。此外，电视还彻底玩弄了我们警察。没有任何一种职业像警察一样，被如此大规模地虚构化。我肚子里早存有一堆经典的对白，例如： 你进来时我就辞职了，现在我辞第二次。[1]但现在和我说话的人是汤姆局长，所以我只能老老实实回话。

"你救过我一命，要我做什么都行。这点你是知道的。"

他伸手拿起公文包，从里面取出一个数据夹。袋上写着：珍妮弗·罗克韦尔，编号 H97143。他把资料夹递给我。

"找一点能让我相信的理由回来。光凭这些东西，我完全无法接受。"

现在他终于让我直视他的脸了。他双眼中的那股慌乱已不见踪迹，剩下来的，是我早已见过千百次的熟悉眼神。他的脸皮粗糙，不带半点光泽；他的眼神无法穿透，不知落在这世界何方。尽管他就坐在办公桌的另一端，我却早已不存在于他的视线范围内了。

"这件事情有点难搞，对吧，汤姆局长？"

"的确，是有点难搞。但这就是我们办这件案子的态度。"

我往后靠向椅背，试着这么说："我一直在想这种事。你闲来无事坐在家中，身边就是那……那把武器。你擦擦它，把玩把

---

1　此句对白出自导演雷德利·斯科特（Ridley Scott）1982 年的经典电影《银翼杀手》（*Blade Runner*），原文为：I was quit when I came in here. I'm twice quit now. 小说中的叙事者把这句话改了一个字，把第二个"我"改成了"你"。

玩，然后就冒出了一个唱反调的想法，一种幼稚的念头。"我的意思是，就像一个聪明的宝宝探索事物所采用的方法——把它放进嘴里。"你把它放进嘴里，然后你……"

"这不是意外事故，迈克。"他说，站了起来。"有证据能排除这点。你等着，明天这时候会有个包裹送到你这里。"

他对我点点头，似乎在说，这个包裹能完全扭转我的想法。

"什么包裹，汤姆局长？"

"是给你放进录像机里的东西。"

我忍不住这么想：天啊，别告诉我，那是这对年轻爱侣待在他们设计的牢笼里的录像带。我可以想象出那个画面：这对年轻的情侣，关在他们自己打造的监狱里——特雷弗身穿蝙蝠装，而被铐在拷问架上的珍妮弗什么也没穿，身上只有羽毛和焦油。

但汤姆局长很快就打破了我这个幻想。

"是验尸解剖记录。"他说。

## 三月七日

戒酒协会活动、高尔夫球、每星期一的小组讨论、每星期四在皮特·布朗大学的夜间课程（还有数不清、没完没了的函授课程）、每星期二的晚班，以及星期六照例的与四十四街的猪朋狗友一块搅和……林林总总加起来，难怪我男朋友说我都没时间留给他了。或许他说的没错，但尽管如此，我还是有个男朋友——托比。他是个讨人喜欢的家伙，我珍惜他，也很需要他。关于托比，倒有一点非提不可——他很能够让所有女人都自觉苗条。托比的身材庞大无比，几乎可以塞满整个房间。当他夜归时，简直比那列夜车还要糟糕；房里的每一根梁柱都醒过来发出呻吟。我不容易找到爱情，爱情也不容易找到我。我是从丹尼斯那里认知到这点的，过程不堪回首，而丹尼斯也有相同的认知。事情就是这么简单：爱情让我飘浮不定，而我又无法忍受这样的不稳定。因此托比可以说完完全全适合我。他耍的招数，我猜，是黏在我身边成为我的习惯。这招的确有效果，只是速度慢了些，我甚至怀疑自己有没有办法活到它彻底成功的那天。

当然，托比也不是没有脾气的。虽然和他同居的室友是迈克·胡里罕警探，但有天晚上我告诉他电视节目会有什么结局后，他就跑出门到佛雷特尼克酒吧喝几杯冰酒去了。我们家里向来有酒，因为我喜欢知道有酒在那里的感觉，即使我只要一碰它就会要了我的小命。我很早就替他煮好晚餐。大约七点左右，他便把猪排吃干抹净，然后溜出家门。

现在我要说点关于我和汤姆局长的事。在我快调离凶案组的时候，有天上午，我到组里值八点到四点的班——我迟到了，因为喝酒的关系，整张脸红得像橘子，完全不把自己的肝脏当回事。汤姆局长把我叫进他的办公室，然后说，迈克，你这样子下去是自寻死路。也许你的确想这么做，但我不可能袖手旁观。他抓住我的手，把我拉到楼下总部二楼的停车场，并开车把我载到司法总医院。值班医生在检查过我后，开口第一句话便是，你自己一个人住，是吗？我连忙说，不，不，我不是一个人住。我和丹尼斯同居……接受过戒除治疗后，我搬进罗克韦尔的住处疗养——那时他们住在市郊的怀特菲尔德区。整整一星期，我躺在一楼后面的一个小小卧房里，远处的车水马龙声是我的音乐，而人们——包括非真实的人们和真实的人们——则来来去去在我床前伫立。汤姆叔叔、米里亚姆、他们的家庭医生，以及其他人，其中当然包括了珍妮弗·罗克韦尔。那时她十七岁，每天傍晚她都会进来，念一点文章给我听。我躺在那儿，倾听她年轻清脆的嗓音，心中纳闷眼前的珍妮弗究竟是真真实实的一个人，还是另一个偶尔经过的鬼魂，是那群冰冷、自负、没有固定的形体、脸上总是布满蓝森森刻痕的鬼魂中的一员。

我从来没有被她评断过的感觉。那时候，她也有她自己的苦恼，而且她是警察的女儿，不会妄作论断。

首先我查看数据夹里的文件，尽管里面记载的多半是无聊至极的东西，例如约翰尼·麦克和我那天晚上开的那辆无标识侦防车上的里程表指数——那天晚上就是三月四日那天。不过，我需要一切能作为确切依据的东西，我想在心中重构这个事件发生的经过。

19：30。特雷弗·福克纳是最后见到她的人。特雷弗供称，他在这个时间离开她那儿，他星期天晚上向来如此。至于珍妮弗当时的情绪，根据笔录上的描述是看起来"愉快"和"正常"的。

19：40。住在顶楼的老太太在电视机前打瞌睡，结果被枪声吓醒。于是她打 911 报警。

19：55。巡逻警员抵达。那位老太太，罗菲女士，身上有一把珍妮弗住处的备用钥匙。巡警取得钥匙进入现场，发现尸体。

20：05。托尼·西尔维亚在组里接到电话。勤务人员报出死者姓名。

20：15。我接到约翰·麦克堤奇警官的电话。

20：55。珍妮弗·罗克韦尔被正式宣告死亡。

然后，十二个小时过后，她就被解剖了。

这里的墙上有这么一段拉丁文。

TACEANT COLLOQUIA. EFFUGIAT RISUS. HIC LOCUS EST UBI MORS GAUDET SUCCURRERE VITAE.

让说话声终止，让谈笑声消失，此处是死者乐于帮助生者之地。


死于悬疑、死于暴力、死于异常……事实上，只要你不是死在加护病房或疗养院之类的地方，你几乎都会被解剖。你死亡时没人在旁边，因此必须被解剖。如果你死在这个美国城市，医护人员就会把你送进巴特利和杰佛逊路口的法医室。等轮到你的时刻一到，你就会被放上手推车推出大型冷冻柜，先称重量，再被送上那张顶上架有摄影机的锌板轮床上。以前用的是录音机，照的是拍立得相片，现在已进化成摄影机和电视屏幕了。在此阶段，你的衣服会被检查、脱下、装袋，然后送往证物管理处。但珍妮弗什么也没穿，身上只有一张套在脚趾头上的标签。

然后就开始了。

也许我该先声明，这个过程对我而言其实几乎不具任何意义。我在凶案组服务时，解剖室是我日常工作的地点之一。即使到现在，一星期中我至少还是会因公务来此地一次。"资产没收组"是"组织犯罪科"底下的一个单位，它必须插手的事情可比它的名称来得多。基本上，我们的工作内容是：剥光犯罪集团的皮。例如，一有消息说池塘那里有什么阴谋活动，我们便查封扣押整个游艇码头。因此我们也会碰上尸体。几乎总是这样，发现尸体的地方，总是在机场出租汽车的行李箱里。作案手段利落，

25

死者全身都是弹孔。有时你在法医室一待就是一个上午，只因为每一颗子弹都必须追查来源……解剖过程对我而言真的已不具任何意义，然而，珍妮弗对我而言却意义重大。我敢说汤姆局长一定不会看这卷录像带，他只会依赖西尔维亚的简报。那么，为什么我必须看呢？如果把尸体挪走，解剖室就像一个还没开始营业的餐厅的厨房。我正在观看这卷录像带。我坐在沙发上，抽烟，做笔记，并不时按下暂停键。我在扮演见证者。

西尔维亚出现在画面上，我可以听见他在对法医做简报的声音。珍妮弗就躺在那儿，脚趾挂着那块小标签。同样一具身体，资料夹里的那些现场相片，那些眼睛和嘴巴还湿湿润润的相片，几乎可以说与情色照片无异（色艺兼具，"秀色可餐"，只能以尤物形容）。但在录像带中，珍妮弗的身体却完全和情色扯不上边。她僵硬得像被急速冷冻过，直挺挺躺在平台上，上方是长条形灯管，下方是冷冰冰的瓷砖。所有颜色都不对了。死亡的化学作用正在她体内忙碌工作，把她的体质由碱变成酸。这个身体……等等。这声音听起来很像保利。没错，操刀的人正是保利。我知道不能因为一个人热爱工作而责怪他，也不能因为他是印度尼西亚人而谴责他，但我不得不说，这个小亚洲佬让我有种毛骨悚然的感觉。这个身体，他这么说，让人联想到圣体圣事的用语： Hoc es corpus. [1]

"这个身体是一名发育良好、营养充足的白种女性，身高一百七十八厘米，体重约六十三公斤。身上没有衣物。"

首先是外部检视。在西尔维亚引导下，保利对伤口做了初步

---

1 拉丁文，全文为 Hoc es corpus meum：这是我的身体。

的检视。他把灯光照进她僵硬的半张开的嘴里，然后把她侧翻向一旁，检视子弹穿出的地方。接着他检查全身皮肤，寻找任何异常现象、伤痕或挣扎所留下的痕迹。需要特别仔细的是双手和指尖，保利剪下指甲，进行钡、锑和铅沉淀的化学实验——以确定是她自己击发那颗点二二子弹的。这把枪是汤姆局长买给她的，我记得，那是好几年前的事了。汤姆局长送她这把枪，并教她如何使用。

利落一如往常，保利做了嘴部、阴道和肛门采样。和刚才一样，他特别检视会阴部位，查看有无裂痕或创伤。再次，我又想到了汤姆局长，因为这是唯一让他的看法成立的办法。我的意思是，如果特雷弗涉案，那么这案子非得与性有关不可，没错吧？一定得是才行。但我完全没有这种感觉。在解剖台上的确会发生一些古怪的事，一件双人自杀案，可以转身变成一桩谋杀加自杀案件；一件强奸杀人案，可以转身变成自杀案。但是，一件自杀案能转身变成强奸杀人案吗？

解剖也是一种强暴，而这正是现在录像画面所呈现的。在第一刀划下去的同时，珍妮弗就变成一具尸体了，或说，她完完全全只是一副躯体。保利现在要动手了。永别了，珍妮弗。保利的身高让他看起来像个小学生，他低垂着那颗光亮的脑袋，手中的解剖刀像一枝钢笔，连划三下割出了一个 Y 字形，范围从双肩开始一路到腹部肚脐眼的位置，然后再往下抵达骨盆。上方的皮肤翻开来了——让我不由得联想起一张被洪水或烈焰侵害后卷曲翻起的地毯——保利继续用电锯锯开肋骨，把整副胸骨像下水道窨井盖一样揭开，然后把内脏器官全都取了出来，放进一旁的钢盆里。保利一一剖开心脏、肺、肾脏和肝脏，取出组织样本以供进一步分析检验。接着他刮去尸体头部的毛发，并处理子弹穿出所造成的伤口。

但接下来的部分才是最糟糕的。那把电锯绕行珍妮弗的头盖骨一圈，一根支杆被塞挤进头顶骨下方，即将就要发出"啵"的一声响。就在此时，我突然发现我的身体——我那如此平凡、不匀称，如此干皱、备受忽视，且甚少为我带来愉悦与自傲的身体，这时突然醒觉过来，开始任性捣蛋：它想要引起注意，想要摆脱眼前这一切。然而头盖骨还是被敲开了，那"啵"的一声响得有如霰弹枪在击发，又像一声骇人的咳嗽声。影片中的保利正指着某个东西，而西尔维亚立刻向前凑近，接着两人一起倒退了几步，表情惊讶。我看着屏幕画面，心里想：汤姆局长，我明白你的看法了，但我还不确定这究竟代表多大的意义。

屏幕的画面显示，珍妮弗·罗克韦尔朝自己的头部一连开了三枪。


不，不，我不是一个人住，我说。我和丹尼斯同居。就那么一次，我流下了眼泪。我不是一个人住，我和丹尼斯同居。

事实上，当我说这些话的时候，丹尼斯正开着一辆租来的汽车，载上他全部的家当，绷着脸透过挡风玻璃直视前方，往州界驶去。

所以我的确是一个人。我不再和丹尼斯同居了。

这声音……是托比上楼来了吗？还是夜车传来的第一声噪音？每当夜车驶来，这栋房子似乎总能远远就听见它那惨厉的叫喊，并立刻奋力站稳脚步抗拒。

我不是一个人住，我并不是一个人住。我和托比同居。

## 三月九日

刚刚我去找过西尔维亚了。

他对我说的第一句话便是："真够讨厌的。"

我说你讨厌什么？

他说整件该死的差事。

我说汤姆局长认为这案子符合他杀。

他说凭什么？

我说凭那三发子弹。

他说罗克韦尔对于实务上的事并不在行。

我说老天爷，他曾在值勤时挨过子弹，那是在他妈的第一线。

西尔维亚没话说了。

"你什么时候为了本州民众挨过子弹？"我问他。

西尔维亚仍沉默不语。他并不是在遥想当年，并未回想那个曾在组里盛传、说汤姆·罗克韦尔在南区当巡警时曾因冲进毒贩窟中抓人而挨了一枪的传说。不，这不是西尔维亚心中所想的事，此时的他只是在想着自己职业生涯的起起伏伏。

我点了一根烟说："汤姆局长认为这是他杀。"

他点了一根烟说："因为他只知道这么多。你朝自己的嘴巴开一枪，生命就了结了。你朝自己开两枪，嘿，是担心意外发生。朝自己开三枪，那你的死意可够坚决的了。"

我们碰面的地方是在霍斯尼的店里，格兰奇路上的一家希腊快餐店。这家店因拥有超棒的吸烟区而大受警察欢迎。霍斯尼自己并不抽烟，但他是个自由主义者，他之所以挪出一半桌子当非吸烟区，只是为了配合这个城市的法律。我并非自傲自己有这个习惯，也知道霍斯尼的壮举注定迟早会以失败落幕，但话说回来，这些当警察的烟抽得还真凶。我想这也是我们为社会奉献的一部分——奉献我们的肺，我们的心脏。

西尔维亚说："还有，这把枪是点二二口径的左轮手枪。"

"是啊，不是土制手枪，也不是迷你枪。你知道的，这不是像掌心雷之类的那种东西。那位住在楼上的老太太，她说她听见的是一声枪响。"

"也可能她被一声枪响吵醒，然后听见的是第二或第三声枪响。她雪利酒喝多了才睡倒在电视前面，她什么事都搞不清楚。"

"我会去找她谈谈。"

"这件案子还真他妈的古怪，"西尔维亚说，"当保利拿荧光灯检查她的时候，赫然发现竟有三颗子弹的痕迹。其中一颗留在脑袋里，没错吧？另一颗存在证物管理处：那是我们从现场墙上挖下来的。解剖结束后，我们又回到现场去。那里的墙上只有一个洞，但我们从里面又挖出另一颗。两颗子弹，一个洞。"

这种事情没什么了不起。关于弹道学，警方早已研究到厌烦的程度了。记得肯尼迪行刺案和那颗"神奇的子弹"吗？我们早知道每个子弹都有神奇的力量，尤其是点二二口径的圆头子弹。当一颗子弹钻入人体时，它会突然歇斯底里起来，仿佛它觉得自己不应该待在这种地方似的。

我说："我看过对自己开两枪自杀的案例。三枪的话，倒也不无可能。"

"有什么了不起。我追捕过一个家伙，那时他的脑袋中了三枪。"

其实，那时我们正在等待一通电话。西尔维亚已请汤姆局长让奥弗玛斯参与此案，摆明看上这家伙与联邦调查局的关系。此时奥弗玛斯正在操作联邦调查局的计算机系统，寻找所有已归档的"头中三枪"自杀案。我觉得这是一种很怪异的计算方法。头部中五枪呢？中十枪？什么时候你才会相信？

"你早上有什么发现吗？"

"除了一堆感伤话语，什么也没。你那边呢？"

"一样，也没。"

那天早上我和西尔维亚都打了不少电话。我们打给所有认识珍妮弗和特雷弗这对情侣的人，请教他们的看法，但我们得到的回答几乎雷同，相似度有如便利商店货架上的廉价小说，内容全在叙述他们是多么的天造地设、浓情蜜意。平心静气地说，意思就是他们以前没有拔枪相向的记录。就大家所知，特雷弗从未大声吼过珍妮弗，更别说用拳头招呼了。我们发现的只是毫无突破性的事实：他们向来甜蜜，相安无事。

"她为什么裸体，托尼？汤姆局长说她是端庄小姐，连比基尼都没穿过。她为什么希望自己这个样子被发现？"

"裸体没什么大不了的。她死了，迈克，管她裸不裸体。"

我们都把笔记本摊开放在桌上，上头有我们各自绘制的现场草图。图中的珍妮弗被画成几根线条：一条线代表躯干，四条线代表四肢，还有一个小圆圈代表头部，上头有个指示方向的小箭头。简单几根线条，和她的身体是多么的天差地别啊。

"裸体告诉了我们一些讯息。"

西尔维亚问我是什么。

"很明显。它说'我很脆弱',它说'我是个女人'。"

"它说都来看清楚吧。"

"像本月玩伴。"

"是年度玩伴。但她的身体和那种不同,她的身体比较像女运动员的身体。"

"也许我们抵达现场时,那里刚有过一场性爱活动。别说你没这么想过。"

一旦你警察当久了,看的事情多了,最后你一定会被某种恶习所吸引,染上赌博、吸毒、酗酒或纵欲等毛病。如果你已婚的话,这些恶习只会往同一个方向前进——离婚。西尔维亚染上的毛病是纵欲,或说,也许"离婚"才是他染上的毛病。至于我,众所皆知,是酗酒的问题。有天晚上,在快下班的时候,有件重大案件宣告侦破,于是所有人齐往叶芝餐厅吃庆功晚餐。在最后一道菜被端上来之后,所有人的目光都投向我这里。为什么?因为我正在对甜点吹气,想要让它凉一点,而那道甜点是冰激凌。我是一个酒鬼,而且还是最糟糕的那种,就像七个恐怖的小矮人合而为一,挤进同一件皮夹克和紧身黑牛仔裤里:大吼大叫、动作粗暴、多愁善感、邋里邋遢、恶毒刻薄、泪眼汪汪兼猥亵好色。我会走进一间廉价酒吧,走向吧台,一张张地打量所有人的脸。没人知道接下来我会出手掐他们的脖子还是捏他们的老二,而我自己当然也不知道。在刑事局里的情况也好不到哪儿去。在我把酒戒掉之前,整栋大楼里几乎已没有哪个警察没被我因为这点或那点理由而抓起来往厕所墙壁上撞去。

西尔维亚比我年轻,而他的第四次婚姻却正面临着破裂的危机。他曾说,他在三十五岁以前,睡过每个被他逮捕的罪犯的妻子、女友、姐妹和母亲。他看起来当然是一副金枪不倒的样子。如果西尔维亚是缉毒组的人，你一定会认为此人不干不净：他穿的都是极其时髦的西装，架在脸上的是名贵的太阳眼镜，一头意大利式的头发整整齐齐梳向后脑勺。但西尔维亚是干净的，在凶杀案里面没有金钱利益关系。他是个好警探，这点他妈的一点也错不了。他只是看了太多电影，就像我们其他人一样。

"她身上没穿衣服，"我说，"坐在卧房的椅子上，四周一片漆黑。以这种情况来看，女人极有可能乐意为男人张开嘴巴。"

"别把这种话对汤姆局长说，他肯定无法承受。"

"也可以这么假设：特雷弗在 19：30 离开，时间和往常一样。他离开后，她'另一个'男友就出现了。"

"是啊，还带着满腔妒火。对了，你知道汤姆局长有什么打算吗？"

"他打算揪出一个凶手。这么说吧，如果这是自杀案，我敢说背后的原因绝对相当骇人。"

西尔维亚看着我，没说什么。警察很像士兵，至少，就这点而言如此。我们不会多问理由。我们只会问情况是什么，再问对象是谁，至于为什么，就他妈的别提了。不过我倒想起了一些事，一些我一直想问的事。

我说只要女人够有吸引力，你都会去勾搭一下，是吧？

他说哦，是吗？

我说是的，如果你没发疹子的话。你勾搭过珍妮弗吗？

他说有，那是当然的。像她这样的尤物，岂有不动心勾搭的道理。如果连试都不试一下，你肯定无法原谅自己。

我说然后呢?

他说她把我打发走了,但态度很好。

我说所以你才没骂她石女、同志或叫她修女之类的。她信教吗?

他说她是搞科学的,是一位天文学家。天文学家都不信教,不是吗?

我说天杀的我怎么知道。

"先生,请你把烟熄掉好吗?"

我转过身。

刚刚开口的家伙说:"对不起,小姐,能不能请你把烟熄掉?"

发生在我身上的这种情况愈来愈多了,不认识的人总是一不小心就直呼我"先生"。如果我在电话中自我介绍,绝不会有人把我想成是女人。看来我得随身携带一点氮气之类的东西——那东西可以让你说起话来像只小鸟。

西尔维亚点了一根烟,说:"她为什么要把烟熄掉?"

这家伙站在那儿,左右张望寻找有无禁烟标语。他是个大块头,够胖,一脸的胡涂样。

"看见那扇玻璃门后的房间了吗?"西尔维亚说,"里面堆放旧文件的那个?"

这家伙转头看向那边。

"那里才是非吸烟区。如果你的兴趣是叫人把烟熄掉的话,请去那里面玩吧。"

这个人溜走了。我们仍旁若无人地坐着,抽着烟,畅饮着牛仔牌咖啡。我说,喂, 我以前有没有勾引过你呀?西尔维亚想了一下。他说就他所记得的，我只甩过他几次巴掌。

"三月四日，"我回到正题，"负责通知特雷弗的人是欧伯伊，对吧？"

在命案发生的那天晚上，奥坦·欧伯伊警探开车到 CSU 大学，把消息带给特雷弗·福克纳教授。情况是这样的，特雷弗和珍妮弗虽同居，但每星期天晚上他都会留在学校，睡在办公室的吊床上。欧伯伊大概是在 23：15 敲开他办公室大门的，那时特雷弗已换上睡衣、披上睡袍，脚上穿着拖鞋。获悉噩耗，他表现出的是敌意与不相信的态度。当时，一边是欧伯伊，他一百八十八厘米高，裹在聚酯纤维运动夹克中的是重达一百三十六公斤的肌肉和脂肪，他的脸像短吻鳄，屁股上还挂着一把枪。而另一边是穿着拖鞋的副教授，他口中大骂该死的骗子，并准备好随时朝对方出拳。

"欧伯伊把他带回城里，"西尔维亚说，"迈克，我这辈子看过的坏蛋算多了，但这家伙可他妈的够逊。他的眼镜厚得像蒙特利的天文望远镜。不但如此，他的花呢外套的手肘上还有两块皮补丁。那时他坐在走廊上的长椅里，旁若无人掩面痛哭。真是个没种的家伙。"

我说他看过尸体了吗？

他说看了。他们让他去的。

我说结果呢？

他说他看起来像要扑过去拥抱她，但最后并没这么做。

我说他那时说了什么吗？

他说珍妮弗……噢，珍妮弗，你为什么这么做？

"西尔维亚警探？"

说话的人是霍斯尼，奥弗玛斯打电话来了。西尔维亚起身，我也开始收拾桌上的东西。我让他讲了一分钟电话，然后才走到电话那里找他。

"好了，"我说，"总共有几个'头中三枪'的案件？"

"可多了，过去二十年来发生过七宗。不仅如此，他还找到一桩头中四枪的案例。"

在往门口走去时，我们回头朝非吸烟区那里看了一下。有个家伙坐在那儿，里面只有他一个人，孤单单的，没人招呼他，也没人为他提供服务。他看起来一副戒备紧张的样子。

"他跟汤姆局长一样，"西尔维亚说，"整个人都错乱了。啊，对了，你知道吗，这七宗案件的自杀者有五个是女性。这就像我们常说的，男人杀害其他人，这是属于男性的行为，而女人只会杀害自己。迈克，自杀是属于小宝贝的行为。"

## 三月十日

星期六。今天早上真是天杀的该死，我在惠特曼大道做了半个街区的访谈。现在这里已是个优质小区，位于二十七街边境地带的一处中产阶级的领地：以前在沃尔斯泰街上有座旧大学图书馆，在约克街上有一间商业学校。美国城市喜欢规划成这样，校园学区的外围总有一些像杀戮战场的地方（这就是现实，老兄），而这一带在过去也如此。十年前的沃尔斯泰街还像斯大林格勒的战场，如今这个地方多半都被钉子封起来了，像实施了焦土政策，不是暂时空在那儿，根本就是被弃置不管，走了半天都难得碰到一个小混混。很难说是谁让这一切产生的变化。也许，是经济造成的吧。

因此，当我走在榆树底下，挨家挨户上门拜访时，遇到的居民都非常、非常的合作。这里和奥斯维尔的集体住宅或德斯特利的国民公寓完全不同，做查访时不会有人叫我去地狱吸老二。只是，这里也没有人目击任何事情。关于三月四日那天，他们都没有听说什么。

直到访谈到最后一户。的确，事情不到最后果真不能太快下结论。提供线索的是个小女孩，头发上系着粉红色丝带，脚上穿着短袜。西尔维亚说的没错，这件案子真是他妈的古怪，但还不至于完全没有头绪，因为孩子们那双稚幼的眼睛还是在观察事情的。不像我们这些大人，目光看着一样的地方，看见的只是千篇一律的狗屎。

我正准备结束和那位妈妈的访谈，她却突然说："问苏菲。苏菲！苏菲那时在街上骑她的新脚踏车，我规定她不可以骑到别的地方。"苏菲走进厨房，我则蹲下看着她。

喏，亲爱的，这件事可能很重要。

"四十三号，没错。是有樱桃树的那户人家。"

仔细想想，甜心。

"我链条不是掉了吗？我不是想自己修理吗？"

说下去，亲爱的。

"然后有一个男的走了出来。"

他长什么样子，甜心？

"很穷。"

穷？亲爱的，你是什么意思？是邋遢吗？

"他的衣服上有补丁。"

我愣了一下。他的手肘上有补丁。穷。这就对了：大家不都说童言无忌吗？

甜心，他的表情如何？

"他看起来很生气。我本来想请他帮我忙的，但我不敢。"

很快，我的话就问完了。"谢谢你，亲爱的；感谢协助，太太。"

当我就这样挨家挨户亮出警徽，而那些女人就这样看着我走进她们的家门——坦白地说，我还真不知道她们心中有何想法。那时我穿的是防寒夹克和黑牛仔裤，她们可能以为我是机械工，不然就是从苏联来的卡车司机。但是，换作男人，他们只需一眼就能认出我的身份。因为我的目光是直视他们的，完全直来直往、毫不回避。作为街头巡警，这是你必须训练自己做到的第一件事：直视男人，以眼瞪眼。然而，后来我当便衣或卧底时，又得从头开始，训练自己不能这么做。因为，这世界上没有第二种女人，不管你是电影明星、脑科医生还是国家元首，都不会用警察的方式盯着男人看。

回到家，一如往常，我接到十通汤姆局长的留言。他转了个方向，费尽心思挖出特雷弗先前的不良行为。他是有过情绪失控的记录的，肇因都是家庭里的争吵；他曾在酒吧和人打过架，但那是五年前的事。对于珍妮弗，他耐心不足，离完美的骑士风范显然也有段距离。好几次他就这样让她自己走过水坑，而没把外套脱下来盖在上面。

汤姆局长已经扯远了，我真希望他能听听自己说这些话的口气。这些指控有的是如此微不足道，让我想起了挑剔杀人。所谓挑剔杀人就是：只因一个连礼仪专家艾米莉·波斯特[1]也没察觉的错误，而把对方批评到体无完肤。

"你案子调查得如何了，迈克？"

我向他报告进度……结果是，他似乎相当满意。


如果女性警察的能力仍受到质疑的话，那么同样的质疑也应该落在托比头上。尽管这么多个月过去了，这个疑虑仍无法消除，仍有待开庭审理检定。

现在，那家伙就在隔壁房间，收看某个录像转播的益智竞赛节目。参加这种竞赛的人都事先获得指示，要他们每答对一题，就要又蹦又跳、尖叫呐喊，并和同伴作法式接吻。制作单位出的这些选择题，全都是道听途说来的小道消息，而非来自实际的知识。那些竞赛者也不是用他们自己的想法作答，而是猜测其他人会怎么想来作为答案。

我走过托比那里，并在他那像沙发般的大腿上坐了五分钟，看着电视里的这些人耍宝。一群成人，举手投足却像过生日宴会的五岁小孩。公式是这样的：

美国人认为美国人最喜欢的早餐是什么？五谷燕麦片。哔啵……只有百分之二十三的人这么认为。咖啡和烤土司？叮铃……答对了！

美国人认为美国人最常选择哪一种方式自杀？安眠药。答对了！ 哇塞！

美国人认为法国在什么地方？在加拿大。你被淘汰了！

---

1 艾米莉·波斯特（Emily Post, 1873-1960），美国作家，毕生提倡所谓的"适当礼仪"，她的许多著作都以该主张为主题。

## 三月十一日

今天，《星期日泰晤士报》上有一则讣闻。短短一篇启示，文句平淡而简洁，但你却能感觉到汤姆·罗克韦尔倾其权势后的力量。

报上只有一篇小传，外加死亡的方式（"目前尚未确定"）以及一张相片。这张相片好像是……什么？是五年前拍的那张？相片中的她笑着，笑得极孩子气，一点也不知道节制，仿佛刚刚有人告诉她什么好玩的事一样。如果你匆匆一瞥这张相片：那副笑容，那愉悦的双眼，那强调了细长颈子的短发，那朱唇皓齿……你会以为这是个准备早早结婚的人，而不是某个突然死亡的人。

珍妮弗·罗克韦尔博士。还有她的生卒年月。

惠特曼街的那个小女孩，系粉红丝带和穿短袜的那个。三月四日那天她并没听到任何不寻常的声音。不过，今天我要去见的，是一个确定有听到什么的人。

罗菲太太，住在顶楼的那位老妇人。才五点半，她已经喝得差不多半醉了。我不敢期待太多，也真的没什么收获。她喝的是甜雪利酒——最物超所值的那种。罗菲先生多年前就过世了，她平平静静过着她的寡妇生活，这种岁月已超过那段婚姻所维持的时间。

我询问关于枪声的事。她说她那时在打盹（是，没错），电视机又开着，里面也有枪声传出。很显然，那时播放的是警匪片。她说她听见的那声巨响毫无疑问是枪声，但响亮的程度，倒不如隔壁两三户远的人家甩上大门的声音——这栋房子烂透了，是建筑在廉价材料时代的旧房子。罗菲太太在傍晚七点四十分拨电话报警，而第一个警察是在七点五十五分出现的。理论上，这时间相当充裕，够让特雷弗布置好现场再溜走。据那个小女孩的母亲说，她是"七点四十五分左右"在外面骑脚踏车的。特雷弗离开那里的理由是什么？离开的时间是何时？七点三十分？七点四十一分？

"他们打过架吗？"

"据我所知，没有。"罗菲太太说。

"在你眼中，他们是怎样的一对？"

"像梦中的一对。"

但是，是哪种梦呢？

"实在太可怕了，"她说，起身倒酒，"不瞒你说，我真的吓坏了。"

我也曾经像这样。任何坏消息都会让我像这样去倒酒，例如你朋友的朋友养的狗死了。

"罗菲太太，珍妮弗有心情不好的时候吗？"

"珍妮弗？她总是开开心心的。永远都这么愉快。"

特雷弗、珍妮弗和罗菲太太是好邻居。珍妮弗常替她跑腿，如果有重物要搬，特雷弗也会出面帮忙。他们替她保留备用钥匙，而她那边也有一把他们的备用钥匙。这把钥匙现在仍在她身上，三月四日当晚就是用它来把门打开的。我说谢谢你，女士，这把钥匙我必须带走，交给证物管理处保管。我给她留下名片，交代她有事情可以找我。我知道自己以后还会再来这里看她，就像我现在仍会去探望南区的一些老人一样。我发现自己好像已经

41

慢慢养成了某种习惯。

楼下，珍妮弗公寓的房门被围上了橘黄色的刑案现场封锁带。我溜进去待了一会儿。走进卧房，我的第一个反应完全是警察式的——我暗想，多么漂亮的一个刑案现场，一点也没有遭到破坏。不只是喷溅在墙上的血迹仍原封未动，就连床上的被单也保留一样的皱痕，和我印象中的一模一样。

我找了张椅子坐下，把我的点三八手枪放在膝上，试着想象当时的情景。但是，盘踞在我脑海中的一直是珍妮弗生前的模样。她是那么的出类拔萃，无论是外在的或内在的，但她却绝对不会用冷冰冰的态度对待你。假设你在某个宴会上或某条街上遇见她，她一定不会只说声嗨就转身离去。她总是会很慎重地对待你，总是会让你留下一些东西。

珍妮弗总是会让你留下一些东西。

## 三月十二日

今天我上的是中午到晚上八点的班，坐在那儿不停地抽烟，不停地换带子——录音带、录像带和影音带，一个接一个换。被我们仔细检查的是匡特罗区的一家新饭店，因为我们知道有黑帮在里面进行交易。我好不容易才找到我要的影像画面：出现在中庭、站在喷水池后方阴影里的两个家伙。在这座城市，我们说的黑帮或犯罪集团，不是指哥伦比亚人或古巴人，不是指日本人渣，不是指"贾克帮"和"埃尔拉克斯帮"，也不是指"瘌子帮"和"热血帮"。我们指的是意大利人。所以，我就这么看着这两个"土豆"身穿价值五千美元的蓝色西装，以非常正式的态度和对方交谈。体面的人是值得让人尊敬的，但聪明人早就不再这么做了。都是后来那些人拍的电影，提醒了这些"土豆"他们的祖父曾经体休面面地干尽见不得人的勾当。于是他们也开始这么做了，想全部重来一次。

顺带一提，我们想要查封这间饭店。

我觉得相当庆幸，在今天这种日子，我的工作量并不重。今天我又是昏昏欲睡、恍恍惚惚，却又一直恶心想吐。原因当然是和我的过去有关，问题出在我的肝脏。我的肝脏可以说操劳过度，远超过不曾用过的子宫。解决这个毛病的唯一方法是器官移植，把整个肝都换掉，此法可行性高但所费不赀。话说回来，正因为我的肝脏有衰竭的风险，才让我不得不老老实实。如果我花钱买一个新的肝，我一定也会把它给毁掉。

中午刚过，汤姆局长便来电了。他请我上二十三楼，到他的办公室一趟。


他在萎缩。他的办公桌本来就很大，但现在看起来简直像一艘航空母舰。他的脸像这艘巨舰上的一个小炮台，两个眼睛则是上头的红色紧急按钮。他一点也没有复原的迹象。

我告诉他我打算对特雷弗采取的行动。

你会来硬的，他说。我知道你能。

你知道我能，汤姆局长。

不择手段，迈克，他说。把他给剥了。我不管他横着出去还是直的出去，我就是要听他开口招供。

听他开口招供？汤姆局长？

我就是要听他开口招供。

西尔维亚和奥弗玛斯这两个人，当他们被某个案子难倒的时候，总能让你很容易看出来：他们刮脸的次数变成每两天一次，外加连续一个月失眠后会出现的种种症状。没多久，他们的外貌便无异于那些围在牲畜饲养场火盆边的街友——火光映照下，一群经济大萧条时期的鬼魂……汤姆局长的下巴刮得倒挺干净。下巴干净归干净，他的双眼底下却各有一块因痛苦而造成的深棕色痕迹。这两块痕迹深陷且僵硬，如同疮痂，但他却无法用剃刀刮除。

"别理什么常春藤联盟或骷髅会[1]的狗屁东西，管他是妖言惑众还是逻辑事实。他好像以为自己优秀到如梦似幻。迈克，他心中一定存有邪恶的念头，他……"

局长突然沉默了。他的脑袋在微微震颤，之所以震颤是因脑海里浮现的恐怖想象。这些想象必须成为事实，他如此希望，也有此需要。因为不管任何结果，没错，无论结果是强暴、重伤害、分尸或人吃人，无论是中国精巧式的或阿富汗挥霍式的马拉松折磨，不管任何结果，都好过这个事实——他的女儿亲手把点二二手枪放进嘴里，并一连按下了三次扳机。

汤姆局长就要拿某个东西给我看了，我可以感觉得到。他强振起精神，以敏捷但同样颤抖的动作，匆匆翻阅了一个活页夹，内容很像来自法医办公室的化验报告。这些报告都是一点一点送过来的，我无法想象汤姆局长是如何监督和控管这些验尸后的发现的。

"珍妮弗体内的精液测试呈阳性，阴道和嘴巴都是，"他这么说，付出的代价则是不敢再继续直视着我，"嘴巴，迈克，你

---

1 骷髅会（Skull and Bones），美国耶鲁大学的一个神秘社团，它创始于 1832 年，成员都是顶级的精英学生。

懂我意思吗？"

我点点头。当然，我心里想着：天啊，真是他妈的一团混乱。

八天过去了，珍妮弗·罗克韦尔仍晾在那儿，像一道宴会用的菜肴，被冰在巴特利和杰佛逊路口的大型冷冻柜里。

## 三月十三日

该轮到特雷弗了。

我最初的想法是：派奥坦·欧伯伊或基思·布克到 CSU 大学，开着黑白双色的警车到特雷弗的系所，把他从研究室里拖出来。没错，亮着警灯，但不要鸣警笛。不管他是在讲堂或哪个地方，都要把他拖出来带回局里。问题是，我们还没有合理根据，目前还太早。不管汤姆局长怎么想，但我们就是没有逮人的合理根据。

所以，我只能打电话到学校找他。时间是上午六点。

"福克纳教授？我是胡里罕警探，凶案组的。我希望你今天来刑事侦查局一趟，愈快愈好。"

他说为什么？

"我可以派车去接你。你需要我派车过去吗？"

他说为什么？

而我只说，我想把事情弄清楚。


说实话，对我而言这实在再完美不过了。

早上八点左右，我们这里已经历了三个小时的暴风雪，是从阿拉加斯呼啸袭卷而来的。天上降下了冰雹、冻雨、大雪和自海面刮来的泡沫，外加阵阵迎面袭来的冰和雨。特雷弗将会爬出地铁站，或爬下惠特曼街上的一辆出租车，然后举步维艰地往这里走来。在刑事侦查局的卢比安卡[1]，他会抬起头，寻找可遮蔽之处。在那儿他会发现一条又湿又脏的亚麻地毯走廊，一台无比缓慢又气喘吁吁的电梯，以及凶案组里这位头发枯黄、虎背熊腰、拥有一双看尽世事的淡蓝色眼睛的四十四岁警察。

特雷弗会发现这里几乎没什么人。今天是星期二，周末刚过，凶案组的"兽栏"里只有寥寥几个证人、嫌犯、恶棍和犯罪者。对我们而言，周末只是一个代号，代表的是整座城市例行的犯罪大活动。今天不是周末，再加上有个超烂的天气——烂天气才是真正能阻止犯罪的超级警察。因此，当特雷弗在"兽栏"里等待时，和他做伴的只有某个受害妓女的老公、父亲和皮条客，以及那个名叫杰基·齐（目前在疑犯清单中排名首位）的来局里交代不在场证明的家伙。

电话安静无声。大夜班的人渐渐离去，而值八点到四点班的人则慢慢进来。约翰尼·麦克正在看《阁楼》杂志上的一篇评论。基思·布克，这个全身疤痕累累、嘴里几乎镶满金牙的大块头黑人，正坐在那台破电视机前收看佛罗里达举行的一场大学球赛。至于欧伯伊，此时正全神贯注埋首于打字机前。就今天这档事，这些家伙仅知一二，清楚整个计划的只有西尔维亚，但包括他在内也只是部分参与。总之，当特雷弗·福克纳来到这里时，谁也不会对他说上一言半句吊唁之词。

八点二十分，福克纳副教授在楼下登记过后，转身上了十四

---

1 卢比安卡（Lubyanka），前苏联国家安全局克格勃总部所在地。

46

楼。我看见他走出电梯，右手提着公文包，左手拿着一楼柜台警卫发给他的粉红色通行证。他头上戴着一顶软呢绅士帽，帽缘已被雨淋得湿软变形，松垂向下半掩住他那张阴沉的脸孔。在日光灯照明下，他的外套也微微散发着蒸汽。他的步伐从容，但两膝有点向外打开，内八字的鞋子正踩出嘎吱嘎吱的声音向我走来。

他说："这不是迈克吗？很高兴又见到你。"

而我说："你来太晚了。"

当特雷弗走进凶案组里时，约翰尼·麦克瞄了他一眼，布克警探则对着他猛嚼口香糖。我随手指了一张椅子，然后转身离开。如果特雷弗觉得无聊的话，倒是可以找杰基·齐谈谈哲学。我隔了半小时才回来，对特雷弗撇了下头，他立即起身，跟着我往回走，又经过了电梯门口。

就在这时候，正如事先设计好的，西尔维亚推开标识着"性犯罪"的房门走了出来，并开口说嗨迈克，目前有什么状况？

而我则这样回答：有一个妓女在"可靠停车场"做买卖时被杀害，我们逮到杀人的那个混蛋杰基·齐。此外，还有这位仁兄。

西尔维亚上上下下打量特雷弗几眼，然后问需要帮忙吗？

我说不用了。我的确是这个意思，并非客气，而西尔维亚的参与也就到此为止。我们不搞什么好警察和坏警察那一套，这种招数老早就没用了。不光是因为《檀岛警骑》[1] 不断回放，让所有人把黑脸白脸警察唱双簧的把戏重复看上百万遍。事实上，

---

1　1968 年至 1980 年间美国哥伦比亚广播公司播出的电视剧。

早在三十年前，在"埃斯科维多案"[1] 裁定后，就没有坏警察表演的舞台了。只有在早年间，坏警察才有点作用，那时他们总是每隔十分钟就走进侦讯室一次，用厚厚的电话簿重击嫌疑人的脑袋。即使不提以上原因，我还是得用自己的方式单独处理这件事，毕竟这是我多年来的习惯。

我转过身，径自带领特雷弗·福克纳走向那间小侦讯室，只在把钥匙从挂钉上取下时稍做停顿。


我也许有点过分，把他一个人留在侦讯室关了两个半小时。虽然我说如果他需要任何东西的话，可以用力敲敲房门，但这段时间他并没有打扰我们。

每隔二十分钟，我会走到玻璃窗前观察他的举动。玻璃窗当然是单向的。从那边，他看到的是一面满是刮痕和污垢的镜子；从这边，我看到的是一名年约三十五岁、身穿花呢西装，左右手肘上有两块皮革补丁的男人。

定律：

一旦被单独留在侦讯室里，有些人脸上就会出现呕吐前十秒的那种表情，而且这种样子会一连持续好几个小时。他们会满身大汗，活像刚从游泳池爬上来。他们还会大口大口猛吸空气。我只能说，这些家伙真是受够了。等到你走进侦讯室，点亮一盏小灯照在他们脸上，你会发现他们的眼睛又肿又红，整颗眼球布满一道道血丝。

---

1 埃斯科维多案（Escobedo v. Illinois），美国联邦最高法院在一九六四年的判例，嫌疑犯受警方侦讯时可请律师到场，否则有权保持沉默。

这些人都是无辜清白的。

犯了罪的人会睡觉，尤其是那些经验老到的惯犯。他们知道这只是在浪费时间，是警方办案招式的一部分。他们会把椅子拉过去靠着墙壁，把自己安置在角落里，不一会儿嘴里便发出呼噜呼噜或心满意足的咯咯声。他们一下子就睡着了。

特雷弗没有睡觉，他也没有痉挛、大口吸气或猛拉头发。特雷弗在工作。他拿了一大沓打字稿，摆在桌上的烟灰缸旁边，以手中的圆珠笔做修改校订的工作。他的头始终低着，在那颗光秃秃的四十瓦灯泡照射下，他的眼镜镜片变成了乳白色。他就这样子过了一个小时，两个小时，然后一直下去。

我走进侦讯室，转身把房门锁上，如此就启动了装在特雷弗桌子底下的录音机。我感觉这个房间似乎有第三者存在，好像汤姆局长已坐在一旁等着聆听了。特雷弗抬起头，颇有耐心地不带任何表情看我。我从胳臂底下拿起资料夹，丢在他面前。别在数据夹封面上的是一张五英寸宽八英寸长的珍妮弗遗照，旁边则是我粘上去的一张标题为"权利说明"的字条。我开始了。

好了，特雷弗，我要你先回答一些背景问题。这部分应该没问题，对吧？

我想是。

你和珍妮弗在一起多久了？

现在换他让我等待了。他摘下眼镜，与我四目对视。接着他把头别开，慢慢露出上半部的牙齿。当他回答我的问题时，似乎得先越过一个障碍物，但这个障碍物并不是语言上的。

快十年了。

你们怎么认识的？

在 CSU 大学。

她不是小你七岁吗？那时她是……？

她是大二学生。我在做博士后研究。

你教她吗？她是你的学生？

不，她那时念的是数学和物理，我是学哲学的。

对不起，你不是研究科学哲学吗？

我现在是。我转过领域，那个时候我研究的是语言学。

语言？语言哲学？

没错。事实上是研究"条件式"。我整天都在思考"如果"
和"假设"之间的差别。

那么现在让你整天思考的是什么呢，老兄？

……多重世界。

抱歉？你是指其他星球吗？

多重世界，多重心智，关于相对状态的解释。换个通俗点的
讲法就是"平行宇宙"，警探。

有时我会有一种表情，像遭逢变故的孩子强忍住不哭的那种
样子。我知道，现在这种表情又出现在我脸上了。对孩子而言，
忍住情感波动不让眼泪落下，与其说他可怜，还不如说这是一种
反抗。每当我不明白某件事的时候，我就会出现这种反抗的情
绪。我总觉得：我不能因为这样而被排挤在外。但当然，你还是

被排挤了，事情总是这样。你只能放手随它去。

所以你们并不是因为学院关系而在一起的。你们怎么认识的？

……在社交场合。

你什么时候和她住在一起？

在她毕业之后。大概她毕业后一年半吧。

你怎么形容你们之间的关系？

特雷弗沉默了一下。我用手上的烟屁股点燃下一根香烟。和过去一样，我这么做当然是故意的，目的是把侦讯室变成一间毒气室。就过去的经验，即使是职业杀手或殴打妓女的瘪三，有时他们也会对此提出抗议（也许你会觉得惊讶）。至于副教授呢？我估量，或许他的忍耐力会更差一点。有时候，这是我们在这里仅有的一个武器——满满的烟灰缸，我们把它叫做"摇头和烟头"。你和满满一缸烟灰共处，肺里面的含量也不断升高。

我可以抽一根吗？

请抽。

谢谢。其实，在我和珍妮弗一起住后，我就戒掉了，我们两个一起戒的。不过，看来我又开始抽了。我会怎么形容我们之间的关系？快乐。就说快乐好了。

但快乐愈来愈少。

不对。

然后问题开始出现。

没这回事。

好吧，所以一切都完美得不得了。这点先保留，我们先讲别的。

讲什么？

所以你们正在一起计划未来的事。

就我的理解，是这样没错。

计划结婚，生几个小孩。

就我的理解是如此。

你们谈过……我要问的是，你们是不是谈过……好，就说孩子吧。你们想要小孩吗？你自己的想法如何？

……我当然想。我已经三十五岁了，这种年纪你就会希望家里有张新面孔。

她也想要吗？

她是女人。女人都想要小孩。


他看着我，看着我身上的肌肉，看着我的眼睛。他心里一定这么想：是啊，女人都想要小孩，但不包括眼前这位。


你说女人想要孩子的方式不一样？珍妮弗想要小孩的方式会不一样吗？

女人想用自然的方式要小孩。她们的身体想要孩子。

是吗？但你的身体却不是。

没错，我只是想，如果日子要过得……

过得完整的话……

不，是日子必须先过下去，再考虑完整的问题。抱歉，我能不能再……

请抽。


现在我得撤下身上最后那一点点的和颜悦色了。这没啥了不起的，有人一定会这么说，例如托比就会这样讲。让嫌疑人俯首认罪，这是一种外在的活动，但对我而言同时也是一种内在的活动。这是我能采用的唯一方法，我必须藉此来让嫌疑人俯首认罪。基本上，我必须先认定就是这家伙干的，像现在我就得先变成汤姆局长。我必须这样做、这样想，我必须知道就是这个人干的。我知道，我知道。


特雷弗，接下来，我希望你把三月四日那天的事交代一遍。我想知道你说的和我们所掌握的是否相符。

和你们掌握的？

没错。和我们从犯罪现场搜集到的证物。

从犯罪现场？

特雷弗，你和我一样都活在官僚体系中，有些狗屎程序我们得先通过一下。

你想宣读我的权利条款？

是的，我马上就把你的权利念给你听。

我被逮捕了吗？

别紧张，你并有没被逮捕。你想要吗？

那我是嫌疑人啰？

那得看你做了什么。这张单子……

等等，胡里罕警官，我可以马上停止，没错吧？我不必告诉你任何事，可以请律师来了再说，是这样吧。

你觉得你需要请律师吗？如果你觉得有此需要，嘿，我们吹声口哨就可以叫一个律师过来。不过这样事情就不一样了，这件案子会转到助理检察官那里，到时我可就一点忙也帮不上了。你觉得需要请律师吗？还是你想跟我坐在这儿，把整件事清清楚楚交代一遍？

再一次，特雷弗露出了牙齿，再次出现那种相当为难、似有障碍的表情。但他还是很快点了下头说：

来吧，来吧。

这张单子的标题是"权利说明"，请你念出来，并在每个段落前面签上你的名字。签那里。还有那里。很好。好了。三月四日，星期天。

特雷弗再点了一根烟，现在这间小小的侦讯室已被烟雾分成了两层空间。他把身子向前倾，开始说话，既非迷迷糊糊也不是充满睿智，而是完全平铺直叙地陈述事实。他双手抱胸，两眼低垂。

星期天。那天是星期天。我们和平常一样，做星期天会做的事。我们睡到很晚。我大概十点半才起床做早餐。炒蛋。我们看报纸。你知道那是怎么回事，警官，我们穿着睡衣，她看艺文版，我看体育版。我们做了一个小时的家务。快下午两点的时候我们出门，在附近走走。我们在摩里餐厅吃了一个牛肉三明治。

我们继续散步，走到罗德汉公园。那天的天气很好，凉爽又明亮。我们打网球，室内的，在柏根体育馆。珍妮弗赢了，和过去一样。比数是三比六、六比七。我们大概在五点三十分回家。她煮意大利面。我收拾行李……

你还真会选时间收拾行李。

我不懂你的意思。我们星期天晚上都是各睡各的。那天是星期天，所以我收拾行李。

你还真会选时间收拾行李，因为这不是一个普通的星期天，是吧，特雷弗？你感觉有事情会发生吧？这种感觉多久了呢？那时你快要失去她了，没错吧，特雷弗？她想脱离你的掌控，特雷弗，而这你一定能感觉得到。说不定她早就开始跟别人约会了。就算没有，但那也都过去了。哎，算了吧，老兄，每天都有这种事。这你很清楚的，教授。有首流行歌曲就是讲这个的："跳上公交车吧，格斯；丢掉钥匙吧，李。"[1] 但你不容许这种事发生，对吧，特雷弗。我可以理解，我可以理解。

不对，这并非事实。全错了。

你说她那天情绪如何？

正常，愉快。和平常一样愉快。

是的，没错。所以说，在跟一位和平常一样愉快的男友度过一个和平常一样愉快的日子之后，她等他一离开，便往自己脑袋灌了两颗子弹。

两颗子弹？

你惊讶吗？

---

1 此句歌词出自美国歌星保罗·西蒙（Paul Simon）的《五十种离开爱人的方法》（*Fifty Ways to Leave Your Lover*）。

是的。难道你不惊讶吗，警官？

过去，我进这间侦讯室的时候，准备的弹药并不比今天强大，却也能让嫌犯招供。虽不是经常如此，但对付那些惯犯、干下大屠杀案件、前科记录和厕所卷筒纸一样长的杀手，我只消用一根白种人头发或半个"锐步"球鞋脚印，就能让他们满身大汗。这种事很简单，你只要用科学方法就行了。可是，科学正是研究哲学的特雷弗所擅长的。

现在我得来点硬的了，绝不能姑息手软。

特雷弗，你在几点和死者发生了性关系？

什么？

死者身上的精液反应呈阳性，阴道和嘴巴都是。那是什么时候发生的？

不关你的事。

噢，现在这是我的事了，特雷弗，这是我的工作。我现在就告诉你那天晚上所发生的真实情况。因为我知道，特雷弗，我什么都知道，就像那时我也在场一样。你和她发生最后一次吵架，最后一场争执。你们分手了，而你还想和她做最后一次爱，是吧，特雷弗？女人在这种情况下，确实是有可能答应的。就人情来说，这是很合情合理的。再来一次。先在床上，然后换去椅子那里。你在椅子上办完事，特雷弗。你办完事，然后朝她张开的嘴巴开枪。

两颗子弹。你说两颗子弹。

没错，我刚才的确这么说，而现在我要告诉你一个你已经知道的秘密。看见这个了吗？这是解剖尸体发现的。三枪，特雷弗，三枪。我告诉你，这表示排除了自杀的可能。自杀已经被排除了。所以要么是楼上的罗菲太太干的，要么就是街上那个小女孩干的，要么是你干的，特雷弗。要么就是你干的。

他周遭的空间似乎变得灰黑阴湿了，而我感觉心中有股猎杀的本能正勃然兴起。他看起来像喝醉了——不，像嗑了药。他像吃了迷幻药，眼前的样子并非被我击败，而是自己"塞住"了。他的脑子里有各种画面正在浮现成形，晚点，我会明白的，我会知道这时他的脑袋发生了什么事。我之所以明白，是因为我也将会看见。

正因他脸上的这种神情，我才这样问：

你对珍妮弗有什么感想？现在？在这一秒？

我想杀人。

再说一次？

你听见了。

很好，特雷弗，我想我们已经说到重点了。这是你自己那个时候的感觉吧？三月四日那晚？不是吗，特雷弗？

不是！

我感到，多年来我在这间侦讯室度过的所有时光，正在我心中堆砌。所有时光，所有最沉重的感觉都汹涌而来，反复重现。让人沉重的是你所听见且不断听见的这些话，而且，这些话还是出自你自己的嘴巴。

我有一位目击证人，在七点三十五分的时候看见你走出屋外，一副苦恼的样子。"很生气"，或者说烦躁不安。特雷弗，这个描述吻合吗？

没错。时间正确，情绪也是。

然后，我的证人说，在你走出大门前，她就听见了枪声。是在你出来之前。这样也没说错吧，特雷弗？

等等！

没问题，我当然会等。因为我都知道，我知道当时你所承受的压力，知道她让你受尽了折磨。我还知道你为何非这么做不可，换成别人，恐怕也一样会干出相同的事。我当然会等下去，因为你还没告诉我任何我所不知道的事。


锡制烟灰缸，卷起来的电话簿，光秃秃的四十瓦灯泡，侦讯室里一点也没有告解的那种气氛。在这儿，犯罪的人并非在寻求赦免或宽恕，他是在寻找认同——强烈的认同。就像小孩一样，他想脱离孤独，想被迎回主流的社会，无论他之前做了什么。我曾坐在这张同样的铁椅子上，公式化地，拉长了脸说……不对，是装出同仇敌忾的感觉说：对，这点理由就够了。你的岳母卧病在床多久还不死？所以应该由你来摆平？我也曾坐在这里说：这样就够充分了。你说那小鬼醒来又哭？所以你要给个教训。你当然该这么做，是吧，老兄？你有办法忍耐到什么时候？如果特雷弗·福克纳头上反戴着棒球帽，嘴里嚼着口香糖，脸上的胡子乱七八糟，我就可以俯身向前越过桌子，再一次，照例用过去那种口气说：是因为网球，没错吧？都怪打了个不分胜负，意大利面又像以前一样难吃，所以她就给你来个口交，以为这样就可以什么都一笔勾销？

我在心里画了个十字圣号，同时决定替汤姆局长穷追猛打下去——我会做到百分之百的完美，就像我过去所做的那样。


慢慢来，特雷弗，你好好想一下，并把这点考虑进去。就像我说的，我们都是过来人，特雷弗。你以为这种事没发生在我身上过吗？你付出多年的时间，付出你的一生。结果呢？最后你还是被赶到了街上。以前她说没有你她活不下去，现在她说你连狗屎都不如。失去像珍妮弗·罗克韦尔这样的女人并不好受，我可以体会这种感觉。你心里一定在想那些即将来取代你位置的男人，他们可不会姗姗来迟，因为她炙手可热呢。不是吗，特雷弗？没错，我知道那种女人。她会睡遍你的朋友，然后再搞上你的兄弟。在床上，她会让他们尝到种种你再清楚不过的甜头。她会的，特雷弗，她一定会这么做的。好了，现在请你听仔细点，我们该把底牌亮出来了。濒死之言，特雷弗，人死之前说的话分量特别重，就像证词一样。

你在说什么，警官？

我在说，勤务中心接到报案电话的时间是七点三十五分。稍后我们抵达现场。你想不到吧？那时她还没死，特雷弗。而她说出了你的名字。托尼·西尔维亚听见了，约翰·麦克堤奇听见了，还有我也听见了。她供出了你，如何，特雷弗？在那里，这婊子居然把你给供出来了。


我在这里已经待了五十五分钟，现在他的脑袋已垂下去了。和证物一样，自白的效力，会随着侦讯时间的拉长而失去其强

59

度——是的，法官大人，在连续几周的侦讯之后，他什么都会招。不过，我心里仍准备好要坚持下去，六个小时，八个小时，十个小时，甚至十五个小时。

说吧，特雷弗，有话直说无妨……好吧，既然这样，那我想请你去做中子活化测试，如此可以证明你最近有没有使用过武器。你愿意受波动描写器测试吗？俗称的测谎仪？我得让你知道，接下来你要经历的可都是像这样的程序。特雷弗，你会被送到大陪审团面前。知道那是什么意思吗？没错，我要让你接受公审，特雷弗，而且我还会……算了，我们还是从头开始好了，把整个过程再重复回想几遍。

他缓缓抬起头，露出一张坦然的脸庞。他的表情是坦然的，尽管情绪复杂，却能清澈见底。突然间，我明白了两件事。第一，他是无辜的；第二，如果他愿意的话，绝对有办法证明。

真巧，胡里罕警官，我正好知道大陪审团是怎么回事。那是一种公听会，旨在确认案件是否证据充足好让嫌疑人接受起诉。不过就这么回事而已。你大概以为，我和其他进这里来的头脑不清的混蛋一样，会把它想成是最高法院。这真是太……太可悲了。哎，迈克，你这可怜的女人，听听看你自己说的话。那根本不是出自迈克·胡里罕的嘴，而是汤姆·罗克韦尔的。这可怜的笨蛋，他应该为对你所做的事感到惭愧才对。真了不起……我说，这整件事实在是太了不起了。上星期至少有十到十二个人找过我，一个接着一个来。我的母亲，我的哥哥弟弟，我的朋友，还有她的朋友。我努力想说些什么，但没用，我一个字也吐不出来。现在，既然我开口说话了，那么就请你让我说下去。我不知道刚刚你说的那些事有几成是鬼扯，我只知道弹道数据不会开玩笑，也不会造假，无论结果如何我也只能接受。不过，也许你愿意行行好，告诉我到底哪些是真的，哪些是假的。迈克，你想装神弄鬼，却只是作茧自缚，把事情搞得更复杂罢了。你心里清楚得很，不管你谎话编得再高明，那都只是一堆垃圾而已。真正的谜题只有一个，一个最大的谜题。当我说我想杀人的时候，我并不是在开玩笑。在她死掉的那天晚上，我的感觉仍和过去完全一样，以为我们的感情是专一且稳固的。可是现在……迈克，一个女人就这样死了，对我来说是晴天霹雳，事情就是这样。但你知道吗？我好希望我就是杀她的凶手，我想说：请逮捕我吧，把我带走，砍掉我的脑袋吧。我希望杀她的人是我，简单明了，无需争议。这总强过我现在必须面对的状况。

如果这个时候你刚好在这里，透过单向玻璃窗朝侦讯室里窥视的话，你就不会觉得以这种方式结束侦讯会很奇怪了。任何一名凶案组的警察，若是瞥见这样的场景，大概也只会点点头，叹口气，然后转身离开。

隔着桌面，嫌犯和侦讯者的双手紧紧相握，两个人都流下了泪水。

我的眼泪是为他、也为她而流。同时，我也为自己淌下泪水，为了过去我在这个房间对其他人所做的一切，也为这个房间对我所做的一切。它拉扯扭曲了我，让我变得奇形怪状。它在我全身各处，甚至身体内部裹上了一层东西，宛如有时早晨醒来会看见遍布在舌头上的那层苔衣。

## 三月十四日

睡得很晚，迟至中午，才被替汤姆局长送东西来的人吵醒。我收到十二朵红玫瑰——"聊表感谢、歉意和关爱"，外加一个密封的活页夹。文件是汤姆局长发出的，很可能也是由他亲自整理建档的，内容则是解剖报告。我已经看过解剖的电影，现在又得来看影评了。

我喝了几壶咖啡，加上半包香烟，才得以脱离昨夜因为肝脏问题而引发的昏沉状态，从如粥一般糊的混混沌沌中清醒过来。我还冲了澡。当我穿着毛巾浴衣，在沙发上舒舒服服坐下时，已经快下午两点了。我播放着自己最喜欢的那卷录音带，八种版本的《夜车》，那是托比为我录制的，其中包括奥斯卡·彼得森、乔治·费姆、摩斯·阿里森以及詹姆斯·布朗。我们把它视为对廉价房租的一种赞美之歌。房租算不了什么，我的意思是，你根本不会注意到它。你只会注意晚上驶过的夜车，而不会注意到这里的房租便宜。所以，我轻声地，让这卷音乐带在角落里播放，然后痛苦地打开这份文件。历经十年鬼混的日子，又历经十年往冰激凌上吹气的日子，接下来你得承受再十年的宿醉（未来或许还有二十几年在等着呢）。但这并不是说我没感觉到昨天带给我的额外负担，我自觉反应迟钝，脸色如黄油，没动两下就全身汗湿，像刚从蒸汽弥漫的浴室里跑出来一样。

Haec est corpus. 这个身体是：

珍妮弗，你的身高一百七十八公分，你的体重六十三公斤。

62

你的胃里充分消化的食物有：炒蛋、熏鲑鱼、培果和其他肉类。只部分消化的：意大利面。

尸斑只出现在它应该出现的地方。没有人移动过你的身体，没有人替你重新布置过。

火药反冲。你的右手和前臂上有血液和组织微粒，我们称之为反冲现象。

此外，你的右手经历过尸痉挛现象，或说自发、暂时性的死后僵直。手枪扳机的弧度和枪柄的纹路嵌入了你的肌肉，看得出你握得是多么紧。

珍妮弗，你杀死了自己。

事情就是这样。

## 三月十六日

凶案组的人绝口不提这件事，好像我们被这件案子彻底打败了似的。但大家心知肚明，在三月四日那天晚上，珍妮弗·罗克韦尔自己犯下了无可饶恕的罪过。

如果她钻进车里，往南开个一百六十公里越过州界，那么她就可以死得清清白白。但是，在我们这座城市，她的所作所为已构成了犯罪。这是一种罪行，就某方面来说，从以前到现在都完完全全是一种犯罪。她躲避不了侦查，不过倒是躲过了任何惩罚。

她还逃过了大庭广众下的羞辱。如果你觉得应该用"羞辱"一词来称呼的话。问问赦免她的验尸官吧。

在很久很久以前，验尸官是由税吏担任的。拉丁文的死亡一词是：Coronae custodium regis。受国王之托的看守员。他向死

63

者征税，而自杀的人和重罪犯一样，会失去他们所有的一切。

如今，在这座城市，验尸工作是由法医室的主任负责的。他的名字叫杰夫·布莱特，是汤姆·罗克韦尔的老友。

布莱特交出的调查结果，上面注记的死因为"尚未确定"。我知道，汤姆局长很想让死因变成"意外"。但他最后还是勉强接受"尚未确定"，就像我们所有的人一样。

我说过，我从来没有被她评断过的感觉，即使是在我面对一切责难毫无能力招架之时。同样的，在我写下这些文字的时候，我也觉得我无需去评断珍妮弗·罗克韦尔这个人。自杀这种事，就和一切崩溃、退场、遗弃和投降一样，它往往是别无选择的。

同时，也往往饱受痛苦。我常常想起自己躲在罗克韦尔家中，窝在床上焦虑不安的那段日子。她也一样，有她自己的困扰。那时她才十九岁，比现在苗条些、腼腆些也天真些，而她一样承受着折磨。我回想起来了。那是属于青春期末端、让父母方寸大乱的骚动。有一个不甘心被她甩掉而死不放手的男生，没错，另有一个女生（她怎么了？嗑药吗？），此外她还有一位室友发了疯。每次电话或门铃声一响，珍妮弗便不免为之胆战心惊。但是，尽管当时的她又难过又害怕，她却一样来到我的床边，照料我，念东西给我听。

她不会评断我，因此我也不会评断她。

事情就是这样。一个女人，平白无故，就这么香消玉陨了。

是的，我对这些平白无故所知甚详。

64

## 三月十八日

葬礼上，没有旗队，没有二十一响礼炮，没有风笛奏乐。仅有几顶白帽，几条金色穗带和别在胸前的勋章，以及整套的教堂礼拜。穿祭袍的是一个矮小的灰发男人，那身装扮似乎在说：现在由我们接管了。把她交给我们，交给这里——这片青绿草地、草地中间的教堂，以及指向天国的尖塔。这并非属于警察的场合，不是的，我们的人并非多数。我们站在这儿，低着头，共同沉浸在一种失败的情绪里，而四周则被大军般的平民百姓包围：感觉好像整个大学的人都来参加这场葬礼。我从未见过这么多年轻、匀称、因悲伤而变得扭曲丑陋的脸孔。特雷弗也在这里，他站在家属区旁，而他的兄弟也站在珍妮弗的兄弟旁边。汤姆和米里亚姆面对坟墓，动也不动，像两根上了漆的木头。

大地呀，接受这最奇怪的客人吧。

我向群众外围走去，溜进附近的紫杉林里，想偷偷补个妆并抽一根烟。悲伤引出了香烟的滋味，胜过咖啡，胜过酒精，也胜过性爱。当我转身过来时，我看见米里亚姆·罗克韦尔正向我走来。她戴着黑色头巾，看起来像一个来自卡萨布兰卡或耶路撒冷街头的漂亮乞丐。美丽，但明显是来索取而非给予的。这时我便心知肚明，她女儿的事情和我并未了结。完全没有。

我们互相拥抱，部分原因是为了取暖，因为今天的太阳给人的感觉是如此冰冷，像一团黄色的冰球，把整个天空都冻僵了。我拥抱着米里亚姆，感觉她的身体似乎小了许多，但外表上她的身高并没有缩减，不像汤姆局长（此时他远远站在一旁，在那儿等着）那样萎缩，给人的感觉好像不到一百六十公分。她也不像汤姆局长那样气急败坏，尽管悲伤和消沉的样子还强过他，却不是那么手足无措。

她说："迈克，这好像是我第一次看见你的腿。"

我说："好好欣赏吧。"我们一起低下头，看着我那套在黑色袜子里的两只脚。我开玩笑地说："珍妮弗的美腿是从哪儿来的？我看不是从你那里，你的腿跟我差不多嘛。"珍妮弗的腿纤细得像赛场名驹的脚，而我的两条腿却像装了轮子的钻地机。不过米里亚姆的腿也没比我的好到哪儿去。

"我常说，就让她这辈子都想不通她的身材是打哪来的好了。她的脸蛋，她的身材，让她自己去拼凑吧。你说她的美腿？那是从蕾哈娜——汤姆的母亲那里遗传来的。"

接下来是一阵沉默。我用力抽着香烟，这是我放松的时刻。

"迈克，迈克，我们又知道了一些关于珍妮弗的事，我们觉得也应该让你知道。你愿意听吗？"

"请说吧。"

"你没看到药物反应报告，汤姆把它藏起来了。迈克，珍妮弗有服用'锂'。"

锂……我懂这个字——知道锂所代表的意义。在我们这座城市，在这个药物的大本营，任何一个警察都知道她服用的是什么药物。锂是一种轻金属，在商业上应用于润滑油、合金和化学试剂，但碳酸锂（我觉得那是盐的一种）是一种情绪镇定剂。原先我们认为的平白无故，现在烟消云散了。因为我曾听人说过（很精确且公正地），锂盐是用来治疗世界拳王迈克·泰森式的心理失调症状的，那就是躁郁症。

我说："你不知道她有这方面的问题吗？"

"不知道。"

"你问过特雷弗了没？"

"我还没跟他说，我不太想和特雷弗谈这些事。不会的……你说珍妮弗？不可能，你看过有哪个人比她还稳定？"

话是没错，但人们的一些行为往往是在没人知道的情况下发生的。人们杀人、埋葬、离婚、结婚、变性、发疯、生小孩……全都没人知道。人们神不知鬼不觉地在厕所生下了三胞胎。

"迈克，你知道吗，这件事有些奇怪。我并没说案情已露出曙光，但多了这条线索，倒是可以让我们绕出死巷。"

"汤姆局长呢？"

"他恢复正常了。虽然他一度慌了手脚，现在总算恢复了。"

米里亚姆微微转身。她的丈夫就站在那儿：下唇肿大，双眼布满血丝。他的情绪看似稳定，仿佛现在是他在服用锂盐。他就这么沉着稳重地，注视着周遭这一切纷纷扰扰。

"你知道吗，迈克，我们一直在寻找'为什么'。现在我猜我们找到一个了，但突然间，我们好像不认识她了。她是谁？迈克？"

我没回答。

"找个答案吧，迈克，请你帮帮忙。除了你，还有谁适合呢？亨里克·奥弗玛斯？托尼·西尔维亚？你不用急，汤姆会助你一臂之力的。请你帮忙了，迈克，除了你真的别无人选。"

"为什么？"

"因为你也是女人。"

我答应了，就这么答应了。我很清楚，最后的调查结果绝不会是像好莱坞闹剧之类的狗屁，而是会完全让人阴沉忧郁的东西。我知道这结果会让我穿越个人底线，一路冲向一个我所不熟悉的地方。我还知道（即使在这时，我已冥冥中自有感应），珍妮弗·罗克韦尔之死，会给这世界带来一个崭新的信息，某个未曾见过的东西。

我说："你确定你真的想知道答案？"

"汤姆想知道答案。他是警察，而我是他的妻子。你可以的，迈克。虽然你是女人，但我觉得你够坚强。"

"是啊。"我说，可是头却低了下去。我是够坚强，但因此而自豪的感觉，却是每个小时都在减退。

她再度转身，朝那边等待的丈夫缓缓点了个头。在她向他走去之前，在我低头跟在她后面走过去之前，我听见米里亚姆说：

"她究竟是谁？迈克？"


我想，现在我们的脑海里都有了这个形象，还有这些声音。我们还拥有这些电影似的画面。汤姆和米里亚姆拥有这些画面，我也拥有这些画面。在那间小侦讯室里，我看见这些画面在我对面的特雷弗的双眼上成形——这些呈现珍妮弗·罗克韦尔死亡过程的画面。

你不会看见她，你只看得见她头部后方的那面墙壁。这时第一声枪声响了，墙上立刻出现一团恐怖的红花，然后是一声撞击，接续一声呻吟和一阵颤动。然后是第二声枪响，再接续一声撞击、一声吞咽和一声叹息。然后是第三枪。

你不会看见她的。

# 第二部

## 自 杀 重 罪

## 心理解剖

自杀是一辆夜车，载着你向黑暗加速而去。若不是违背自然规律，你是不会这么快就到达那里的。你替自己买张车票，登上列车。这张车票让你付出你所拥有的一切，而它居然只是一张单程车票。这辆列车带你进入黑夜，然后把你留在那儿。它是一辆夜行的列车。

我感觉有人侵入了我的身体，打着手电筒东探西照。这个闯进我体内的人是珍妮弗·罗克韦尔，她正试图向我揭露我所不想见到的东西。

自杀是心理和身体的问题，它以暴力的方式结束，而两者都是输家。

我必须让这列夜车慢下来，我必须让这种鸟事全部停止。

我现在在此所做的事，和保利在法医室所做的事差不多。他用钳子、电锯和满盘的手术刀，而我用的是圆珠笔、录音机和计算机。保利解剖尸体，而我所做的则是解剖心理。

我有此项能力，我可是受过专业训练的。

我想起：

曾有一度，虽然只是很短暂的时间，而且只有一次当着我的面，我的同僚们都叫我"自杀迈克"。即使是在局里，这样的称呼也相当伤害人，于是他们很快就不这么叫了。被伤害的，不是那些被人发现瘫在上锁车库里的汽车内，或半浮在已染成红色浴缸中的可怜虫。被这称号伤害的人是我，它代表：我笨到什么烂案子都愿意接。因为自杀案对你的破案率、你的加班费起不了任何作用。每当午夜电话声响起，麦克或欧伯伊总会捂住话筒噘着嘴对我说：迈克，你来处理这件案子如何？这是一件死因可疑的案子，而我需要多点钱让我母亲动手术。死因可疑——并不是他所渴望的谋杀案。就算是刚来这里的菜鸟，都觉得承办自杀案件是对他刑事侦查天赋的一种侮辱。他想要的是一个不折不扣的杀人犯，而不是百年前被木桩穿心埋葬在四角石冢下的笨蛋。然后，又有一度——还是一样，只是短短一段时间——他们一接到这种电话便面无表情说：迈克，是你的案子，自杀案。我虽为此对他们大吼大叫，但是，也许他们并没有错。和他们比起来，或许我比较容易受到这种案件的驱使和催促——驱使我蹲在河岸边的大桥底下，催促我踏进某个墙上有人影在缓缓转动的公寓楼梯井里，思考那些痛恨自己生命并决定违抗上帝天威的人。

由于这是警察工作的一部分，我和许多人一样，在皮特·布朗大学修过名为"自杀：残酷的结局"这门课程。到城里服务后，我又在职进修到小区大学上完"自杀模式"的系列讲座。我懂得了关于自杀的各种表格和图形，知道那些饼形图、同心圆、颜色代码、箭头、蛇形线和梯状图所代表的意义。凭我在四十四街的自杀防治经验，再加上我经手过的百来件自杀案件，我不但知道自杀所造成的生理后果，同时也很熟悉自杀者在死前的一些基本背景。

但珍妮弗的情况并不在这些案例里，她无法被归类。

在这个星期天上午，我把一些文件数据摊在沙发上，翻看我过去做的笔记，看看能不能有什么发现：

* 在所有文化中，自杀的风险都是随年龄而增加，但并不是呈固定上升的态势。统计图表上的这条斜线，似乎有一个区段是平坦的，就像两段楼梯之间有个平台。就统计上来看（若统计数字在此处仍具有价值的话），如果你活到二十来岁的年纪，你就进入了那段平坦的区域，要到中年之后自杀的风险才会突然升高。

珍妮弗二十八岁。

* 大约有百分之五十自杀成功的人并非第一次自杀，他们之前的尝试称为"作势自杀"或"假性自杀"。约百分之七十五的自杀者会发出警告，百分之九十的人会有出走的记录，经历过逃避的过程。

珍妮弗以前没有自杀记录。就我所知，她也没发出任何警告。生活上她总是豁然达观，明白懂事。

* 自杀是非常非常依赖方法的。排除掉方法（例如家用瓦斯），自杀率就会下降。

珍妮弗不需要开瓦斯。就像许多美国人一样，她拥有手枪。

* 以上是我的笔记内容。"他们"的笔记呢？有多少百分比的自杀者会留下遗书？有的研究说百分之七十，有的则说百分

之三十。根据推测，自杀者留下的遗书经常会被他们的亲属爱人偷偷拿走。正如我们所见到的，自杀往往会被粉饰，被刻意抹除，尽力欺瞒。定律：自杀会引出假资料。

珍妮弗显然没有留下只字片语。但我知道她有写，我有这种感觉。


一个家庭中可能会有好几人自杀，但它跟遗传无关。它会是一个榜样，一种典型，却不是一种倾向。如果你的母亲自杀，这可不妙，因为如此就开启了一扇门……

这里有一些"要"和"不要"的规则……其实，根本都是"不要"：

不要做与死亡有关的工作。不要当药剂师。

不要当移民。不要当刚下船登岸的德国人。

不要当罗马尼亚人。不要当日本人。

不要住在阳光照射不到的地方。

不要当青春期的同性恋者，其中有三分之一的人会尝试自杀。

不要当九十岁以上的洛杉矶人。

不要当酒鬼。基本上，那根本就是慢性自杀。

不要当精神分裂患者，千万不要听从出现在你脑海中的那些声音。

不要情绪低落，要快乐点。

不要当珍妮弗·罗克韦尔。

还有，不要当男人。不管你做什么事，都不要当男人。托尼·西尔维亚说自杀是"小孩子的玩意"，这当然是鬼扯。完全相反，自杀是男人的事。 闹自杀是女人的事，她们这么做的几率高过男人一倍以上。 完成自杀是男人的事，他们成功的比例也高过女人一倍。一年之中只有一天可以安全当个男人——母亲节。

母亲节是自杀者的节日。怎么会呢？我有些纳闷。是因为优质客栈的吃到饱的早午餐吗？当然不是。这些自杀的女人才不管吃什么午餐。这些寻死的女人才不管她们的小孩。

不要当珍妮弗·罗克韦尔。

问题是：为什么不？

## 压力来源和诱发因素

我第一个想晤谈的对象是海·塔金霍恩——珍妮弗的家庭医生。这些年来，我在罗克韦尔家的宴会（烤肉或圣诞夜的鸡尾酒会）遇见过这位老兄几次。并且，我回想起来，那时我躺在罗克韦尔家一楼某个孩童卧房，一连七天和酒精戒断症候群搏斗的期间，汤姆局长曾要他过来替我诊断。那段时间我记不太清楚了，不过我记得他的个头矮小、秃头、双眼炯炯有神。他是那种老派的医生，是那种经年累月不断把医学知识往脑里灌的医生，目的是为了让自己能一直站在这行业的舞台上。至于其他的老派医生，若不是酒鬼，就是正处于戒酒期间。当我处于戒酒期间时，珍妮弗总在傍晚的时候进我的房里。她会坐在角落，念文章给我听。她会摸摸我的额头，端水给我喝。

早在三月八日，大概两个星期前，我就打电话去塔金霍恩的诊所了。结果，这个老家伙居然在加勒比海的一艘"扑克游轮"

上。我请他的助理打呼叫器找他，而他则从"同花顺号"船上回电抱怨。我告诉他关于珍妮弗的事，并说我正在调查此案，他说可以约个时间。后来我再打电话到他诊所，和他小谈一会，才知道原来在船上打牌的人不是塔金霍恩，而是他的老婆。当她窝在赌场牌桌前，用一双对子和庄家拼大小时，他则在躺椅上把全身上下都晒成了棕褐色。

海·塔金霍恩的诊所在三十七街，设在亚尔顿公园附近的一栋哥特式公寓街区里。我像病患一样坐在狭长的走廊中等待，左边坐的是耳朵痛的患者，右边坐的是喉咙痛的患者。那位干巴巴的助理坐在小小的隔间里，一边忙着文书工作一边接电话："你好，这里是诊所。"几个穿白袍的年轻人，看起来像实习医生，手中拿着写字板和药水瓶不停地进进出出。这里满墙都是资料夹和活页夹，从地板一路顶到天花板。数据夹里有什么？不外乎是褪色的切片报告书，盖满灰尘的尿液检验分析单。当那个干瘪女人对我点点头，示意我可以入内时，耳朵痛先生和喉咙痛先生不约而同发出了一声呻吟。我穿过走廊的阴影，走进塔金霍恩的诊疗室，立即陷在浓厚的日耳曼人气息和常闻到的漱口水味道里。

我很想说，海医生那身晒成褐色的皮肤，看起来很像死者被加热过后的样子。不过他却活力四射，坐在诊疗桌后的他一副志得意满的模样。我突然想起，当我躺在汤姆局长家的小房间时，曾经深深陷入幻觉中。我看见一个接着一个的人进来探视我，他们有些是真人，有些则不是。每当幻觉出现，我总不知该怎样熬过下一个半小时，因此偶尔不禁这么想：我知道了，我要找个鬼魂来做爱，这样至少可以消磨点时间。不过，我可不想和海·塔金霍恩做爱。他那双淡蓝色的眼睛里，有太多和死亡有关的知识，全是一点一滴冷静吸收进来的。在这里可得小心，千万别对他说"嗨"。

"医生。"

"警官，请坐。"

"游轮之旅如何？你太太有赢钱吗？"

"她几乎输个精光。很遗憾，我没能赶上那场葬礼。我试过想从西班牙港搭飞机回来。我与局长和罗克韦尔太太谈过了，只要有什么忙我帮得上的，我会尽力去做。"

"既然如此，你一定知道我来这里的目的了。"

我们沉默了一会。我翻开笔记本，低头看着页面，突然被自己在昨晚匆匆写下的东西给打动了。笔记本上写道：*错乱性质：反作用/非反作用？感情的/思想的？心理的/官能的？由内或由外？*我开始询问：

塔金霍恩医生，你觉得珍妮弗·罗克韦尔是哪一类型的病患？

……她……她不是病患。

对不起。那她过去的医疗史呢？

她没有病史。

我不懂。

就我所知，除了婴幼儿时期，她这一生中没生过一天病。她做健康检查简直像开玩笑。

你最后一次见到她是什么时候？

在这里吗？大概一年前吧。

她有找过别人看病吗？

这我不太清楚。她有一个牙医，还有一个妇产科医生——她是我的朋友，从阿灵顿州来的。她在那里的情况也一样。珍妮弗的健康状况简直可以作为模范。

既然如此，她为什么服用锂盐呢，医生？

锂盐？她并没有服用锂盐，警官。

你看看这个。这是药物反应报告。她有心理医生吗？

当然没有。你很清楚，如果有的话我一定会知道的。

他从我手中接过这本影印的报告书，愤慨地检视着。无言的愤慨。我知道他在想什么。已在他脑海里跑过的念头是：如果她不是从医生那里取得这种药，那么她的渠道是什么呢？接下的想法则是：在这座城市里你随随便便都能搞到任何东西。是啊，谁不知道呢？就算不是从街角的小混混那里取得，也能从身穿实验室白袍的杂碎那边获得。从那边流出的药物，药名可多达二十五个音节……他沉默了好一会儿。这样的沉默，在他的职业生涯中，必然是再熟悉也不过的。在产房里，在看到化验结果时，在X光看片机的灯光反射下。接着，塔金霍恩医生不再想珍妮弗的事了。他的双肩微微一缩，让珍妮弗·罗克韦尔离开了他的脑海。

好吧，至少你们这份报告说明了一种可能。她给自己的脑袋用药，这样很容易引起幻觉。

怎么说？

这就像忧郁症。治疗精神异常的药物，往往会加剧这种病情，得到的是一种加乘效应。

医生，我想请问，当你听到这个消息时，你有多惊讶？

惊讶，非常惊讶，这是当然的。我为汤姆和米里亚姆感到难过。但在我这种年纪，在我这种行业，我很难说这消息能否让我感到……震撼。

我很想说：你们这行自杀的人也不少，不是吗？确实是的，你们医生自杀的比例高过一般人的三倍。精神科医生的自杀率高出六倍，名列榜首。其次依序是兽医、药剂师、牙医和普通医生。这个行业和自杀率有什么关系呢？我不禁好奇。也许是长期与死亡、疾病或衰老等自然历程为伍，也许是长期沉浸于苦难——往往是难以言说的苦难。此外，他们还很容易取得自杀的方法。有研究称此为"职业压力"，但警察也有类似的职业压力。尽管我们都有自杀的倾向，不过我们和那些身穿天蓝色制服的混账神风特攻队员是截然不同的。我们最容易自杀的时期是在退休后，我想这可能与权力有关。日复一日习惯了手中的权力，一旦权力被夺走，你会变得如何呢？

我从笔记本上抬起头，发现塔金霍恩注意的焦点似乎转移了。他注视着我，而我不再是来此侦讯他的人。我是迈克·胡里罕警探，他所知道的警察、酒鬼和病人。他那双清澈的眼睛此时正用赞许的眼神看着我，但这个赞许是有点冰冷的，是一种无法让人精神振奋的赞许。无论是他的精神还是我的。

"你保持得还不错，警官。"

"是的，医生。"

"老毛病没再犯了。"

"没了。"

"很好。你也几乎什么苦头都尝过了，是吧？"

"几乎。的确，医生，我想是的。"


回家后，我翻出那张我参加完葬礼后整理写下的清单。这张

79

清单的标题是"压力来源和诱发因素"，题目写得明确大胆，但接续其下的内容现在看起来却朦胧如雨雾：

1. 重要的他者？特雷弗。他没见到的东西？
2. 经济状况？
3. 工作？
4. 身体健康？
5. 心理健康？错乱性质：
   a) 心理方面？
   b) 思想的／官能的？
   c) 抽象的？
6. 深藏的秘密？创伤？童年阴影？
7. 其他重要的人？

现在我在第四点上打了个叉。至于第五点的 C 则让我产生怀疑，忘了当初我是什么意思。我接着思考第七点。七号先生会是提供锂盐的那个人吗？

## 结束的感觉

死亡现场如同兰花般脆弱。仿佛死亡本身具有化学作用，会汲汲进行腐坏和变质的活动。但我这个死亡现场似乎青春永驻，大门上仍横拉着"禁止入内"的封锁带。不过，我还是入内了。

卧房墙上的血迹现在已经变黑了，仅剩下一点点铁锈般的红色。血迹最上方，靠近天花板的地方，那片细小的血滴像一群聚在一起的蝌蚪，每条蝌蚪的尾巴都指着与创伤发生地点相反的方向。墙上有个长方形区域被现场鉴识小组搬走，那儿是血迹最集中的地方，也是弹孔所在之处。再往下，是从毛巾团喷出往下坠的血迹。

我想起了特雷弗，同时发现在我打量这个现场的时候，心里想的居然大部分是和装潢有关的问题。我很想拿起拖把，亲自动手收拾整理。当他回来后，还有办法睡在这个房间吗？他需要用掉多少桶油漆啊？令人惊讶的是，我觉得我已经把特雷弗当成朋友了。不到一个星期前，我还拼命想把他往死刑台上推，现在居然已经当他是朋友了。在罗克韦尔家的灵堂里，我和他谈了一会儿。现在我手中拿的钥匙就是他给我的，他还告诉我这里每个东西摆放的位置。

珍妮弗所有个人的文件都被保存在客厅的一个蓝色行李箱里。箱子上了锁，但我同样拥有开锁的钥匙。不过，我首先很快地把这间屋子的每个房间都逛了一遍，希望能获得一点感觉：电话上方的镜子上贴着数张随手贴，冰箱门上的小磁铁夹着纸张（写着"牛奶"和"滤纸"），浴室的柜子里放着化妆品、洗发精和一些成药。卧房的衣橱，她的毛衣被整齐地叠在塑料袋里，而摆放内衣的抽屉则像银河般星光灿烂……

不久前，我还听人说过，每个自杀事件都会给撒旦带来特殊的快感。除非撒旦本身是个绅士的说法不是事实，否则我觉得这个说法并不正确。如果撒旦一点品味也没有，那好，我同意他会从自杀中获得快乐，因为自杀本身根本就是一团混乱。作为一个被研究的主题，自杀可能是唯一不具条理性的。这种行为本身既没有特定形状，也没有固定模式。人类的心境不断向内挤压扭曲，充满羞耻、幼稚、苦恼和装模作样。那里早已变得一团混乱。

然而，现在我四处观看，见到的却是一片井然有序。托比和我都是懒人，当一对懒人住在一起时，得到的不是两倍的懒惰——而是懒惰的平方，甚至是懒惰的立方。这个地方对我来说，简直像秩序的大师之作：循规蹈矩，却又不过分强调，毫无僵硬死板的感觉。自杀者的家里往往会有一种阴沉和失败的气氛，那些被遗弃的家具似乎在说：我们配不上你吗？我们没半点用处吗？但珍妮弗的房子给人的感觉，竟像它正衷心期待着女主人的归来，期待她大步返抵家门。和原本预计的相反，在连续几周郁闷纠结后，我在这里居然觉得快乐起来了。这栋房子是独栋式建筑，即使你只在房里待半个小时，也可以感觉太阳正绕着它移动，改变各个影子的角度。

特雷弗和珍妮弗在客厅里各有一张书桌，各有各的工作区，两者相距不到三公尺。在特雷弗的书桌上，有一张打字纸，上头写着类似下面这样的东西：

$$p（x）= a_0 + a_1 x + a_2 x^2 + a_3 x^3 + \cdots\cdots$$

在珍妮弗的书桌上，则有一张写着类似下面这样的打字纸：

$$x = \frac{30}{10^{-21}} m = 3 \times 10^{22} m。$$

哎，你会这么想：他听得见她说话，她也听得见他说话，他们说的是同一种语言。这岂不是每个人梦寐以求的事吗？琴瑟调

82

和，相隔不到三公尺，默默为共同的事业努力不懈。这不就是我们全都渴求的事吗？对他来说，房里有个女人；对她来说，房里有个男人，就在三米外。

我打开了那个蓝色行李箱。

里面有九本相簿，九捆用缎带扎起的信件——全都是特雷弗写给她的。这是他们共有的历史，图像和文字兼具。当然，也同样的井然有序。这样的次序是刻意的排列还是随兴的排列？对已预谋自杀的人而言，他们往往会有种"归类整理"的企图：试图做个了结，谋求一种圆满。但这堆东西并未让我有这种感觉，我发现这个特雷弗"圣殿"是从一开始就建立起来的。我把里面的东西全搬了出来，在地毯上坐下，从头开始看起：他的第一封信或字条，注记的日期是一九八六年六月：

亲爱的罗克韦尔小姐：请原谅我的冒昧，但今天下午我没办法不注意到在第二球场的你。你那场比赛打得真是漂亮啊，特别是那英气十足的反手拍！不知道我有没有荣幸可以请你抽空跟我打一场球，或给我上一课。我是一号球场那个黑头发、O型腿的那个肉脚。

就这样，事情开始进行下去（"那真是一场精彩的网球赛啊！"），出现几张关于讲课和午餐邀约的便条纸。很快的，他们的故事就由相片接续说下去了：网球场上两人的合照，一开始站得很开，而后紧紧靠在一起。接下来是误会争执，然后误会烟消云散。接下来是性关系，是爱情的关系。再下来是度假：珍妮弗身穿滑雪衣，珍妮弗在海滩上。天啊，多美的可人儿啊：双十年华的她，看起来就像那些强调美味好吃又能让你顺利排便的谷类食品广告上的模特儿。站在她身旁的特雷弗也晒成了古铜色。接下来是毕业典礼，再接下来是同居。这段时间特雷弗仍不断寄来用手写的情书，那些话语不断寄来，那些女人想要听的甜言蜜语。从特雷弗那里来的，没有匆忙完成的传真。传真，六个月内就会褪色模糊，像现在的爱情一样。没有贴在烤面包机上潦草写成的字条，像托比时常留给我的那种，像以前的丹尼斯、乔、肖恩和杜温曾留给我的那种。 看在老天分上，买点卫生纸回来！这种字条不会出现在珍妮弗这里。她每隔两天就会收到一首爱慕之诗。

误会争执？误会已烟消云散，不复返。但争执必然还是会存在的。争执的主题是关于心理不稳定。不是她的，也不是他的，而是别人的。我不得不说，我非常、非常惊讶，因为我看见我的名字也位列其中……

我已做好准备，打算继续研究他们所谓的"续集"，但这里面有太多我已经知道的事。那个被她甩掉的男生，那个嗑药嗑出幻觉的室友。问题在一开始就发生了，在特雷弗开始认真追求的时候。有个名叫休姆的大学球星，那时他就不得不退场了，没想到这位校园风云人物竟承受不起打击，他在珍妮弗面前摆出自甘堕落、一蹶不振的样子。诸如此类的事不少，此外还有其他麻烦。这个麻烦和外在世界倒没有任何关系：那是珍妮弗的室友，一位名叫菲莉达的女孩，有天一早醒来发现自己的耳朵冒出了黑烟。在惊慌中，这个傻女孩不是瞪大眼睛对着浴室墙壁发呆，就是跑到外面去大吼大叫。珍妮弗不知该如何与她相处，索性逃了，跑回父母家。结果她发现家里多了个人，醉死在她哥哥的房间，躺在枕头上不停呓语。这个人是谁呢？正是迈克·胡里罕警探。"老天爷，"特雷弗在信上引用了她当时说的话，"我简直被包围了，无处可逃。"

光看单边书信的感觉很不好受，因为信上叙述的这些事情并未完全"展开"，你看到的只是一种跳跃式的像貌。一些应该很曲折离奇的过程发展，全被简单且独断地变成了"事实交代"。特雷弗后来仍费了不少笔墨在珍妮弗身上，诱哄她抛开不能相信任何人或任何事的观念。她清醒了，或者说至少恢复了理智，于是这些故事得以有个收尾：

那个前男友，休姆，他休学了一段时间，也沾染上了毒品。但他后来复学了，而且表现得还算不错。他甚至还和珍妮弗共进了一次午餐，表现得还算彬彬有礼。

靠大量镇静剂帮忙，菲莉达总算顺利毕了业，住到一位非直系亲戚那儿去了。有段时间她的名字时常出现在信件中，而后就慢慢减少直至消失。

迈克·胡里罕后来也康复了。信上以赞许的口吻写到，只要以正确的方法给予同情和支持，即使是像她这种背景的人，最终也能复原回归正轨。

至于特雷弗和珍妮弗，他们当然就这样看着乌云消散，在晴朗的蓝天下比翼双飞。

再后来我查看的是书桌、文件档案柜，以及那些无止无尽、没完没了的狗屁杂碎，全都与市民权、生活息息相关。账单、契据、租约、税单……噢，天啊，生存真是一种酷刑折磨。这些东西不正是让人动手自我了结的好理由吗？面对这烦人的一切，谁会不想休息一下睡个长觉呢？

我在地上坐了两个小时，结果只发现两个小小的惊奇。首先，最让人出乎意料的是，特雷弗竟然是个完全自食其力的人。我依稀记得他的父亲是建筑业的巨子，但显然他并未接受他任何资助。不过，特雷弗仍有做一点点投资理财的行为，我在这找到他的债券和避税投资，他定期慷慨给慈善机构捐款的收据。第二个惊奇是，珍妮弗从来没拆过银行寄给她的对账单。在她的书桌上，有已经拆开的国税局寄来的那包丑陋垃圾，但银行的对账单却没被打开。从去年十一月起到现在，连续几个月都原封未动。于是，我马上替她纠正这个坏习惯。我打开对账单，发现她只有几笔小小的花费，以及为数不少的一笔存款。奇怪，这应该算是好消息，她为什么都不拆开查看呢？我悟出这点：她之所以不拆对账单，是因为她根本不需要理会它们，根本无需回复这些信件。你或许会说这就叫富足，这就是把钱放在正确的地方。

对我个人来说，愈是让我感觉亲密的事物，我愈会保存下来留到最后。在厨房一张椅子的椅背上，挂着她那个已磨秃的手提包。椅背就如同她的肩背，挺直，宽阔，带有一点点弧度向内弯曲……天啊，说起包包，我那个似乎让我花了半辈子时光往里面东扒西捡的袋子，简直像垃圾场里一辆惨遭碾压机压扁的旧车。我根本不知道里面有什么东西，也许挡泥板已长出了蘑菇，备胎也已成为老鼠的安乐窝。当然，珍妮弗的包包和我的完全不同。她东西装得不多，而且多半是芳香的东西。猪鬃发梳、保湿霜、唇彩、眼药水、腮红。此外还有笔、钱包、钥匙，以及她的记事本。如果说我在寻找的是一种结束的感觉，那么到目前为止我的时间可以说全白白浪费了。

　　我浏览记事内容。珍妮弗的生活并不忙碌，不像那些非把每个醒着的时刻密密麻麻塞满约会工作的人。不过在今年的头两个月，记事本上倒记载了不少事情——都是诸如约会、计划、截止日和备忘录之类的。然后到了三月二日，星期五那天，一切就全都停止了。从那之后的一整年都没任何事，唯一例外的是三月二十三日那天，记事本上写着"AD?"的字样。明天就是三月二十三日了。 AD代表某人还是某事？是"广告"的简写？是"公元"的简写？我不知道——应该不会是亚伦·德修兹[1]的简写吧？

　　在我离开这里，关上那个蓝色行李箱之前，我又看了一眼特雷弗写的最后一封信。这封信混在那堆尚未归档整理的信件与相片中，上头的日期为今年的二月十七日。邮戳地址是费城，特雷弗那时到那里参加一场为期两天的"心灵与物理定律"研讨会。这封信相当肉麻，我有点不好意思摘出里面的字句。"我在东边的每时每刻都被你和明天的憧憬所照亮……"

　　我爱你，我想你，我爱你。不可能的，珍妮弗和她的男友之间不可能有问题。他是那么完美，是每个女人梦寐以求的。因此，我转而假设，她与"其他"男友之间或许有问题存在。

　　书架上有张相片。那是毕业照，珍妮弗与其他三个身穿学士袍的同学，全都身材修长，笑弯了腰。她们笑得如此疯狂，好像眼前有什么令人爆笑的东西。这张相片也拍到了菲莉达，那个精神失常的小女生。她的表情畏缩，蜷伏在相片的一角。

　　这栋房子有件颇耐人寻味的事。我在此待了好一会儿，才意

---

1　亚伦·德修兹（Alan Dershowitz），为举世闻名的哈佛大学刑法教授，更是以色列坚定的拥护者。

识到这点。

没有电视。

在我踏出这里之时，有个有趣的想法冒了上来。我突然这么想：她是警察的女儿啊。这一定代表了什么，必然有些蹊跷。

就像所有警察一样，我猜我已养成最高级的愤世嫉俗态度，但这只是一方面。在另一方面，我不会评断他人。我们从来不做评断。我们会进行搜查，发动逮捕，甚至可能会殴打你，但我们不会对你做评断。

即使刚刚从屠杀现场走出来，德国蛮子亨里克·奥弗玛斯也会含着眼泪，聆听一个醉鬼诉说他不幸的遭遇。我看过奥坦·欧伯伊把身上最后的五块钱掏给派迪市场门外一个装可怜的人渣——几年来所有熟人都对他冷漠以待的家伙。基斯·布克总是见不得街上的乞丐，他一点抵抗力也没有，每次都会塞给这些人一块钱、捏捏这些人的手。我其实也差不多。我们都是最心软深情的人。

这是因为我们都是极端的铁石心肠和极端的多愁善感吗？我并不认为。我们不会评断你，之所以不会评断，是因为无论你做了什么，都还离真正的穷凶极恶有一大段距离。你善良极了，你并没有强奸婴孩，然后把婴孩砸向墙壁。你并没有为了寻开心而把八十岁的老人砍成肉酱。你真的很棒。无论你干了什么，我们都很清楚你可能做的事，还有你尚未做的事。

换句话说，我们对于人类行为的标准，可以说已实在低到不能再低的地步了。

虽然如此，今晚我还是已准备好接受惊吓。我感觉到一种甚少出现的现象：震颤，我感觉整个身体上上下下都充满了这种震颤。当然这不是热潮红，可是我好像一下子就被推进了更年期。

我回到住处，为托比和我自己煮晚餐。电话铃声响了，话筒那端传来一个男性的声音。

"喂，能请珍妮弗·罗克韦尔听电话吗？"

我立刻以柜台小姐似的平稳口气响应："请问你是哪位？"

"阿诺。我是阿诺。"

"请稍等！"

我站在厨房的热气中，全身紧绷。我告诉自己要像刚才那样干下去：拉高音调，继续拿出女性的声音。

"其实……喂喂？……其实珍妮弗今晚不在此地，我是负责替她处理讯息的。我这里有她的记事本……啊，你是不是那个打算明天和她见面的人？"

"我是这么希望的。"

"那就对了。阿诺德……？你的名字有 D 开头的字吧？"

"戴比。阿诺·戴比。"

"是的。对了，我想替她确定一下时间和地点。"

"八点左右可以吗？在野鸭酒店'诱鸟室'。"

"好的。"

那天晚上，整个晚餐时间，我几乎一个字也没说。到夜里，关了灯后，就只剩托比过来找我做的那件事……和托比，这种事谈不上冲动，而是一种主要的差事。就像在阿瑟王电影里常会见到的——把骑士吊上马背。不过，这差事是如此轻柔，如此甜美和可爱，而且正是此刻的我所需要的。现在的我清醒些了。过去我喜欢粗野，或者说我以为自己喜欢粗野，但最近的我已开始痛恨这个字眼。这个世界已经够粗野了，我这么觉得，真的有够粗野。

夜车在凌晨四点将我吵醒。我睁着眼睛，在床上躺了一会儿，却再也睡不着了。于是我下床，煮了咖啡，坐下来边抽烟边看我的笔记。

我心烦意乱。我向来心烦意乱，但现在让我心烦的还得加上一些私人的事。这事就是：特雷弗信上关于我的那些批评和叙述。我为什么心烦？他们并不是没有同情心的，而且我自己也承认，当年的我肯定是一副可怜兮兮的样子——在拉下的百叶窗后与酒精抗战。我在乎的是什么？个人的隐私吗？喔，是啊。当我值完勤务放松下来后，我可把这种事给看得更清楚了。所谓的隐私，正是咱们警察穷其一生所践踏和摧残的东西。在这一行你要不了多久便会完全失去这种概念。隐私？开什么玩笑？不，我想，让我觉得烦闷的是关于我童年的那些事。仿佛，如果不提那些，就没有其他原因了。

有两件和我有关的事，我必须加以澄清。

第一件事，是我喜欢汤姆局长的理由。严格说来，我要讲的不是理由，而是我意识到这种感觉存在的那个时刻。那时在九十九街发生了一件引起轩然大波的命案，有人在一个野餐冰桶里发现一具婴儿尸体。媒体为之喧哗，推测是毒贩冲突或种族纠纷导致的后果。那时我经过他的办公室，刚好听见他在讲电话。他接的是市长打来的电话，而那时他还只是副局长而已。我听见他非常慎重严谨地说：我的迈克·胡里罕会负责此案让真相水落石出。我之前曾听他讲过类似的话，"我的基斯·布克"、"我的奥坦·欧伯伊"，而当时他正是用和过去同样的口气说："我的迈克·胡里罕会负责此案让真相水落石出。"我忍不住奔进厕所，在里面痛哭了一场。离开那里后，我便让这件九十九街的命案水落石出了。

第二件事情是，当我年纪还小的时候，就被我父亲给糟踏了。那是在月亮公园发生的事。好，我说坦白点，我被他强奸了，可以吧？从我七岁开始，到十岁才结束。那时我下定决心，等我的年纪一达到两位数，就不能再让这种事发生。于是我留起右手的指甲，把它们磨尖，还用醋来让它们变硬。留指甲、磨尖、变硬，这就是我解决问题的方法。在我生日的那天早上，他又闯进我的卧室，而我几乎把他那张狗脸给扯了下来。我真的这么做了，我从太阳穴边眼睛上方那里下手，把他的脸当成万圣节的面具一把揪住。我觉得我只要再用力一撕，就能让我父亲露出他真正的嘴脸，可是那时我母亲被惊醒了。我们胡里罕一家向来不是什么模范家庭，但是到了那天中午，这个家庭就不复存在了。

我就是那种所谓"政府养大"的小孩。我曾被领养过几次，但主要都是由政府带大。所以我小时候爱国家的方式就像你爱父母一样，我对她付出的情感是百分之百的。我从来没打算生小孩，不过我倒是很渴望能有个父亲。所以，现在汤姆局长不再拥有女儿了，我们该怎么办呢？

上午七点四十五分，我打电话进局里。值大夜班的是约翰尼·麦克，这时他应该正准备要下班。我请他找西尔维亚或谁来清查阿诺·戴比的背景资料。

我拿出我做的那张"压力来源和诱发因素"清单。好，咱们来对照看看。我在第二点（经济状况？）上打了个叉，又勾掉第六点（深藏的秘密？创伤？童年阴影？）。如此一来，剩下的就不多了。

今天白天我要调查的是第三点（工作？）。而在今晚，我将会调查七号先生。

## 八百亿年的心跳

珍妮弗·罗克韦尔工作的地点，用简单的一句话说，是在物理学院的地磁学系。物理学院在校园北方，位于蒙特利山脚下，山上正是那个老天文台所在地。你要做的是：取道 MIE 公路绕过 CSU 大学，绕过朗伍德，然后花二十分钟，塞在萨顿湾的车阵里。萨顿湾大塞车，这又是另一个让你举枪轰掉自己脑袋的极佳理由。

然后你停好车，走向那排被绿树环绕的低矮房舍，心里做好会看见森林管理员、男童子军或花栗鼠的准备。前面来的是奇奇，前面来的是蒂蒂，前面来的是反戴着棒球帽的啄木鸟伍迪[1]。在地磁学系入口的门廊墙上，刻有以下的拉丁文字句：ET GRITIS SICVT DEI SCIENTES BONVM ET MALVM。我从一位刚好经过此地的孩子那里，问得这句话的翻译：你们会像神一样知道善恶。这出自《创世记》，不是吗？这句话不正是

---

1　奇奇（Chip）与蒂蒂（Dale）是一对花栗鼠，它们和啄木鸟伍迪（Woody Woodpecker）都是迪斯尼卡通人物中的主要角色。

出自撒旦之口？每次我进到 CSU 大学，不管是为了犯罪学讲座、学生嗑药致死，还是学生在考试期间自杀，我总有相同的感觉。那就是：我已不再年轻了。这种感觉虽讨厌，但至少，我明天早上不必进课堂参加考试。除此之外，我还在物理学院注意到另一件事——有人把吸引力的规则全都给改变了。两性之间的诱惑是身体方面的问题，但现在的学生已不在乎这点。在我那个年代，校园里的女生都穿得前凸后翘，男生则都刻意展现肌肉和裤裆里的东西。现在的学生已没有身材可言了，他们全都穿得松松垮垮，邋里邋遢。

在走廊里，珍妮弗的系主任认出了我，和我打招呼。他的名字叫做巴克斯·邓辛格，在他们这领域中算是个响当当的大人物。他的身材也够高大：虽不像我家的托比那般，看起来一副能轻易把你骨头拆散的模样，但他正是我们司空见惯的那种虎背熊腰、一脸胡须、两眼红肿、满嘴唾沫的类型，你肯定敢打赌他背部的皮肤至少有一英寸厚。的确，像这种类型的家伙，基本上都是毛茸茸的。在他鼻子附近的那一道小小裂口，可以说是雨林里的唯一空旷地带。他带我走进办公室，而我立刻觉得自己被大量的信息——全都可以随意取得、召唤与触及——给包围了。他给我倒了咖啡。我想象自己开口问他这里能不能抽烟，也想象他拒绝的方式：我一点也不在意。我再次申明，在局长和罗克韦尔太太的委托下，我正在对珍妮弗的死做非正式的调查。这不会被列入记录……但如果你不介意的话，我想使用录音机。好的。他举起手在空中挥了一下。

顺带一提，巴克斯·邓辛格是个名人，他经常在电视上露脸。关于他的事情，我略知一二。他有一架双螺旋桨飞机，在阿斯本还有另一个家。他热爱滑雪和登山运动,以前还曾经代表本州参加过举重比赛。我记得三或四年前,他在电视第十三频道主持过一系列的"宇宙的演化"节目。每当他的专长领域一有事情发生,他们便会邀请他上新闻杂志节目。巴克斯可以说是老练的"媒体人",只要一面对镜头,他就能滔滔不绝发表长篇大论。下面我就尽量原封不动地呈现他这种能力。一些专业性的语言应该没错,因为我已请托比用计算机帮我查过一次了。

首先我问他珍妮弗整天都在做什么事。他能否描述一下她的工作。

好的。在任何一个像我们这样的系所,都会有三种人存在。第一种是穿白袍的人,他们负责操作实验室和计算机。第二种是像珍妮弗这样的人——可能是博士后,也可能是助理教授——他们负责指挥那些穿着白袍的人。第三种人就是像在下这种人,我必须指挥这里的所有人。每天我们都会有大量数据涌入,都得经过核对与处理。这些数据必须加以过滤,而那就是珍妮弗的工作。除此之外,她自己也做一点个人研究,例如去年秋天,她就在研究银河系处女座的陨落速度。

我问他:你能讲得更具体点吗?

我已经说得够具体了。也许我该更通俗一点才对。她就和这里所有的人一样,研究的是和这个宇宙年龄有关的问题，这可是相当具有争议与挑战的领域，一个竞争激烈的领域。我们观察宇宙膨胀的速率，观察这种膨胀萎缩的速度，以及总质量密度参数。简单说，以上分开来讲就是：哈伯常数[1]、Q-nought 和暗物质。我们想弄清楚这个宇宙究竟是开放的还是封闭的……警探，我现在看着你，但我眼中见到的是这个肉眼宇宙内的一个住民。我想你一定很少为这些东西烦心。

我说，的确是的，但我不懂这些好像也能过得不错。请说下去吧。

我们所见到的那些星球、星云、星团和超星系团，全只是冰山一角，只是被白雪覆盖的山头而已。这个宇宙至少有百分之九十以上是由暗物质组成，而我们根本不知道那暗物质是什么东西，也不知道它意味着什么。如果总体质量密度低到一个临界点，宇宙就会一直膨胀下去，星际也会变得愈来愈空。如果总体质量密度高过一个临界点，那么重力最后会强过膨胀，整个宇宙也将会开始收缩。从大爆炸到大收缩，然后……谁知道呢？也许又来个大爆炸之类的吧。这已被称为"八百亿年的心跳"。我说这些，是想让你对珍妮弗所研究的东西有个了解。

我问他，珍妮弗是不是经常使用望远镜。他却放声大笑。

---

1 哈伯常数（Hubble's constant），一个在宇宙学中用来表示宇宙膨胀速率的量。

气泡、气泡，霍伊尔和哈勃。艾伦·桑德奇需要人来医。[1] 哈呀，半夜坐在观测站里，抱着热水瓶，身穿派克大衣，外加一个肉屁股和铁膀胱。视宁度！警探……

抱歉，什么意思？

视宁度。视宁度？这个术语我们现在确实还在使用，指观测时的质量，和天空的清晰度密切相关。但实际上，警探，我们早就不再靠"视宁度"了，现在全都是相素、光纤和电荷耦合组件。我们只需坐在计算机前面，处理接收到的数据就行了。

我问他一个简单的问题。我问他，珍妮弗工作时快乐吗？

那当然！对我们所有的人来说，只要珍妮弗在，大伙的士气可高了。她聪明过人、刻苦耐劳、意志坚强又做事公正。特别是意志坚强这点。不管从哪一点来看，她都智慧刚强。女人……我换个说法好了。也许还没到诺贝尔奖的水平，但在宇宙论这领域里，女性一直有杰出贡献。珍妮弗相当有可能在这种纪录上再添加一笔。

我问，她是否有异端的一面，有没有神秘的一面。我说，你们这些人虽然是科学家，但其中也有人最后接受了信仰，不是吗？

---

1 此为一句顺口溜，用的全是天文学界中著名的人名。

这里头是有原因的，你常会听见了解上帝心思之类的说法。宇宙万物是如此雄伟壮丽、复杂繁博，你当然很容易被种种的不可思议给打动。但你不能对这个事实视而不见——我们所研究的是现实。虽然我们研究的东西非常奇特，又离我们如此遥远，可它们却像你脚下的土地一般真实。宇宙科学或许像宗教一样神奇，甚至还更怪诞、华丽和骇人，不过它才是值得正视的。因此我们这里有人会很自傲地说："一切都是物理问题，就这样而已。"但珍妮弗比他们更浪漫一点，她可比那些人崇高多了。

怎么个浪漫法？

她不像我们这些人，觉得这个学科有点边缘化。她认为这才是人类活动的中心，而她的工作则是……是一种公益活动，她有很强烈的这种感觉。

抱歉，研究星星算是公益活动？

这样吧，我现在随兴自由点讲，可以吗？广义上来说，文艺复兴和启蒙运动有一部分的促成原因，是哥白尼和伽利略的发现，此外还可加上布拉赫和开普勒等人。你或许因得知地球只是太阳的一个行星，得知我们不再是宇宙的中心而觉得有点凄凉。但情况并不是这样。完全相反，我们兴高采烈，因为我们被启发、释放了。我们所拥有的知识，与我们所有人的老祖宗都完全不同，这种感觉棒极了。但我们不会因此自满，因为我们处在一个等义范式的移转边缘。或者说，是一系列的移转。在大型望远镜出现前，宇宙就只有你的生存空间这么大。现在我们总算明白我们的处境是多么的脆弱和孤立无助。我相信，正如珍妮弗也相信，当这些仅六十或七十年历史的观念被普及了，人类对自己的位置和生活目的，会有一种完全不同的看法。而我们今日成天所做的恶性竞争、抢地盘、狗咬狗之类的事情，将会被证明是完全没有意义的。这种革命就快发生了，警探，这是一种意识形态的革命，也正是珍妮弗所深信不疑的。

可是你和她上了床，不是吗，教授？你才不会放过这样的美人儿呢。

我没有真的把上面那句话讲出来，虽然我打心底很想这么做。我知道巴克斯·邓辛格是那种"十二个小孩一个老婆"的男人，然而，尽管面前的他就像在电视上一样一派轻松、思绪敏锐又口若悬河，我却能感觉到他内心深处的紧张和不自在——可以说是内疚。他一定做了什么不愿意让人知道的事。至于我这边，也不见得有多好受。我必须强迫自己把他的世界和我的世界串连在一起。我不得不这么做，因为珍妮弗与之息息相关。 说起我的世界，当然也是同样真实，同样存在，同样值得正视，而且也具有其原始的热情。对他来说，我的世界大概只像一出荒诞不经的肥皂剧——全是疯狂又肤浅的活动。珍妮弗·罗克韦尔已从这个世界搬到了另一个世界，从值得赞叹的被造物，退缩进她卧房的黑暗之中。我继续强问下去，希望他和我，两人都能找到必要的字眼。

教授，当你知道消息时，有吓了一跳吗？

应该说是惊恐。我们全都一样，到现在仍是，既恐惧又

98

惊慌。你可以问问这里的任何一个人，下至清洁妇，上至院长。像她这么……像她这么光芒四射的人，居然会做出自我了结的决定。这点我无法想象，真的想象不到。

就你所知，她有没有心情不好的时候？脾气不稳？退缩不跟人打交道？

从未，她的愉悦简直是无穷无尽的。当然有时她也会生气，我们都一样，因为我们……我们永远处于情绪爆发的边缘。我们知道的事情这么多，但知识中的空洞简直比牧夫空洞还要大。

什么空洞？

那是无法让人想象的虚无，是一个三亿光年深的凹穴，那儿什么都没有。其实，警探，其实人类根本没有足够的能力去了解他们所居住的地方。我们全都是智障。爱因斯坦是智障，我也是智障。我们住在一个全是智障的星球。

珍妮弗这样说吗？

是的，但她也这么认为，这正是其伟大之处。虽不可能，仍要勉力去做。

她谈过死亡，应该有吧？她跟你谈过和死亡有关的话题吗？

没……算是有吧。这并不是我们惯常讨论的话题，但我们的确聊过死亡，而且距今不远。这件事一直在我脑海里，我也曾回头抽丝剥茧，就像你现在这样。我不敢说那些思想是否全是她的原创，也许不是，但她讲得很……很令人难忘。牛顿，艾萨克·牛顿不是用肉眼凝视太阳吗？为了观察太阳，他失明了几天还是几个星期，只为了理解太阳是什么。珍妮弗……她那时就坐在你现在坐的位置，她引了好多格言，有些是法国人说的，有些是某某公爵说的，意思大概是："没有人能直视太阳或直视死亡。"这里有个值得注意的地方。你知道谁是史蒂芬·霍金吗，警探？

他是那个……那个坐轮椅的家伙，讲话的样子像机器人一样。

那你知道什么是黑洞吗，警探？是的，我想每个人都对黑洞有一点概念。珍妮弗曾问我：为什么破解黑洞之谜的人是霍金？我的意思是，在六十年代，所有人都积极投入对黑洞的研究，但是告诉我们答案的人却是史蒂芬·霍金。她那时说：为什么是他？而我那时的回答是：因为他是这领域里最聪明的家伙。但珍妮弗要我想想另一个更……更浪漫的解释。她说：霍金之所以了解黑洞，是因为他可以直视它们。黑洞代表遗忘，代表死亡，而霍金从他成年之后，一生的时间都在直视死亡。霍金因此才看得见黑洞。

唔，我心想，并非如此。但这时邓辛格看了手表一眼，眼神似乎有些恼怒或焦虑。我马上说：

"你刚才说的革命，和意识形态有关的，那会引起不幸事故吗？"

我听见房门打开的声音。一个身穿黑色套装的女人站在门边，以手势做出打电话的动作。我回过头，看见邓辛格仍凝视着我。他说：

"我想它未必是不流血的。我现在得打一通电话去夏威夷了。"

"好的，反正我也不赶时间。我去楼梯那里抽根烟，如果你待会有空的话，也许可以陪我走到停车场。"

我拿起录音机，按下了暂停键。

为了取暖，也为了帮助思考，我双手抱胸站在楼梯上，思索生活的本质。珍妮弗的生活。珍妮弗的生活。初春的动物——鸟儿、松鼠，甚至还有兔子。还有激动的物理学家——这些勤奋刻苦的书呆子和蠢材。洁白的天空被蓝色的像素给取代，太阳与月亮同时并存，而这些都是她所熟悉的。是的，还有特雷弗，在这座青山的另一面。这点我可以适应。

肉眼可见的宇宙，所谓的"视宁度"，还有八百亿年的心跳。在她死去的那个晚上，天空是如此清朗，视宁度是如此清晰——但肉眼仍嫌不足，仍需要辅助……三月四日那天傍晚，珍妮弗·罗克韦尔在她的卧房里做了一个时间的实验。她把五十年的光阴，压缩成短短几秒。在灾难发生的危急时刻，时间总是过得如此缓慢：一种镇静的化学物质从脑部放出传向身体，帮助它过渡到另一边。时间过得多么缓慢呀。她一定也感觉到了。珍妮弗一定感觉到——那八百亿年的心跳。

学生三三两两走过。不，我明天早上不必参加考试测验，我已经历过被人测验的岁月。不是吗？但为何我现在又出现了这种感觉？是珍妮弗在测验我吗？是她的所作所为让我陷入了考验？在我心中，有一个恐怖的东西正在逐渐茁壮。我敢发誓，这简直就像怀孕的感觉。我体内的那个恐怖东西是活生生、健健康康的，而且正不断地成长壮大。

巴克斯·邓辛格晃头晃脑走进亮处，整个前额也一明一暗地闪着亮光。他挥着手，向我走来——我们齐步前行。无需任何提示，他便主动开口说：

"我昨天晚上梦见了你。"

我只回了句："喔，是吗？"

"我梦见你来找我问话的事。你知道在梦里我怎么说吗？我说'请逮捕我吧'。"

"你为什么这么说，巴克斯？"

"是因为……在她死前一个礼拜，珍妮弗有史以来第一次搞砸事情。她的工作出了麻烦，很大的麻烦。"

我让他说下去。

他叹了口气，继续说："我要她负责防守 M101[1] 的部分阵地。普林斯顿大学追我们追得很紧——他们想置我们于死地。我简单点讲好了。星球密度扫描给你一大串数字，数以百万计，都得送进计算机用设定好的系统做比较和测定。而……"

等等，我说。你讲的愈多，我懂得的愈少。告诉我重点就好。

"她擅动了——她擅动了程序。星期一早上我看见数字大幅减少，我还高兴了一下。'太好了'，我叫了出来，这样的结果只要有一半强度，就是我梦寐以求的了。但我再仔细一看，才发现那全是狗屎。关于速率，关于金属物……她把基准数字全改了，让这个月来的工作完全泡汤。结果我几乎是光着身子去对抗普林斯顿大学的，身上什么东西也没有。"

"这不是意外，你的意思是，这并不是一次无心之过。"

---

1 M101 也称为"风车星系"，位于大熊座，距离地球大约 2700 万光年，是正面朝向我们的螺旋星系。

"没错。这是蓄意的破坏。你知道吗，当米里亚姆在电话里告诉我出事的消息，我第一个反应竟然是感到松了一口气——这下子我就不必在她进来上班时动手杀死她了。但是，接下来的感觉就转成为极大、极大的罪恶感。迈克，这件事让我痛苦不堪。我是说，我是那么野蛮的人吗？她有那么害怕我的脾气吗？"

此时我们已走到停车场，来到我开来的那辆无警徽标示的侦防车旁，邓辛格的表情看起来，好像此时正有数学公式在他身体里面产生作用，发生了数学的作用：他看起来被减去了不少，被减掉的是生活的力量，是他的智商，仿佛一下子就被带走了。

"这只是单一成分，是单向出路的一种模式，"我说，想要给他一点安慰，用听起来比较专业的话语，"你认识特雷弗吗？"

"我当然认识他。特雷弗是我的朋友。"

"你有把珍妮弗这一手告诉他吗？"

"这一手？没，我没有。不过，关于特雷弗·福克纳，我倒可以跟你这么说：他会熬过来的，这也许要好几年，但他一定会熬过来的。就我所知，呃，问题最大的是汤姆·罗克韦尔。特雷弗像牛一样强壮，而且又是科学哲学家，他习惯与太多没有解答的问题共处。不像汤姆一定要个明确的答案，这答案还得……"

"合乎道理。"

"正是合乎道理。"我开门上车，他皱着眉头对我说，"她这次可对我开了一个大玩笑。我一直在专业的领域上战斗，因为我的喜好太强烈了。她总说我把整个宇宙当成个人的事了。"

汤姆想要一个合乎道理的答案。这让我又再次出现这个想法：她是警察的女儿。这点肯定重要。只是，关联在哪儿呢？

## 你是来这里和珍妮弗·罗克韦尔见面吗?

野鸭酒店是城里最好的饭店,或者说它自认为是。我对野鸭酒店很熟,因为我有个弱点(我是怎么了?),贪图享用一杯二十美元的鸡尾酒。当然,二十分钱一杯的鸡尾酒我也能吞下肚,但对于这种收费昂贵的地方,我却不觉得有什么不好,这里的气氛值这个价钱。在装潢典雅的地方来杯双份黑方,旁边有个身穿白色西装的混蛋,一脸迷迷蒙蒙地俯身在小型钢琴上演奏——这就是我对享乐的定义。幸好,当我真正烂醉如泥的时候,从未进过这里。如果要连干两天,我会到区里的约克或德里酒吧,或到巴特利路上那一长排廉价酒馆去。野鸭酒店是果园广场上最气派的建筑物,里面全是木头壁板和一致的昏暗,不过近来已重新磨光刷新,这里是一座大不列颠的高科技圣殿。在你双目所及之处,尽是一堆和鸭子有关的东西。相片、模型、诱饵——诱鸟。那些鸭子的雕刻品虽稀有,却没有半点价值,但居然开价数万元。我早早便来到这里,带着西尔维亚提供的关于阿诺·戴比的资料。我找了张桌子坐下,点了一杯调味颇重的纯真玛莉。

阿诺·戴比是《商业周刊》、《时代》和《花花公子》的订户。我不免这么想:珍妮弗为什么把我的电话给他?阿诺·戴比开的车是庞蒂克轿车,身上那张万事达信用卡的刷卡额度为七千美元。现在我只能假定,也许当初她希望我替她掩护或拖延一下——我当然会为她这么做。阿诺·戴比持有美式足球达拉斯牛仔队的季票。基本上,我会替地球上所有女人做掩护——只有一个人例外。阿诺·戴比租过一大堆动作片录像带。这个例外的人是:珍妮弗的母亲。阿诺·戴比是共和党党员。没有人会特别担心米里亚姆：也许我们都认为，凭她的背景，灾祸应该奈何不了她才对。阿诺·戴比装有牙桥，范围横越两颗犬齿。还有另一种解释：珍妮弗之所以给他我的电话号码，或许是因为他在骚扰她，而她希望让我来把他赶走。阿诺·戴比有三项犯罪前科。两件是邮件诈骗，地点都在得克萨斯州。一件是严重人身侵犯，这个罪行年代久远，是他在仍是浑身土气的乡下小子时干下的。

珍妮弗把工作完全搞砸，造成的影响有两种可能。也许是一时冲动，也许是某种个人的因素，才使她又多了一个理由不想见到星期一……

等一下。当我进入"诱鸟室"的时候，这里的人还满多的，但八点钟到了又过去了，而我还在思考……不，这个该死的家伙就坐在吧台靠近我的这一边，我怎么可能会把这家伙给漏了？我知道他的出生日期是一九四七年一月二十五日，身高一百九十公分，体重九十九公斤，红头发。我实在无法想象，不知道他和珍妮弗会有哪个地方产生关联。当然，我一直在看着他，阿诺·戴比不可能逃出我的视线范围。到了八点十五分左右，他原本一直在喝啤酒（这根本是个愚蠢的错误），此时才铁了心，改喝威士忌。这下他的情绪高涨起来了，嘴里不干不净对女服务员冷嘲热讽，又毫不节制地一直烦吧台酒保：追问那孩子的情史，他的"高超本领"，又说了一堆八竿子打不着的事。天啊，醉鬼还真令人讨厌啊。酒保实在太了解这些讨厌的人和无聊的事了，但他们却无法逃走，因为这是他们的工作。

我按兵不动，直到那孩子编了个借口说要到后面去忙，我才大步走上前去。大家都说我喜欢穿成巡警，就和我以前当巡警时一个模样。可是，我穿的夹克是黑色棉布，不是黑色的皮革或丝缎。我穿的是黑色棉布长裤，不是正规制服的哔叽布。更何况，我身上根本没有警棍、手电筒、无线电、警帽和手枪。那家伙穿着牛仔靴，大大的靴子露在他的垮裤下。又是一个高个儿。美国人的身高都快把屋顶给刺穿了。他们的母亲看着他们愈长愈高，先是感到自豪，随即就是惊慌失措。

"你是阿诺·戴比？"

"谁他妈的想知道？"

"法律，"我说，"那就是他妈的想知道的人。"我拉开夹克，把别在上衣上的警徽露给他看，"你是来这里和珍妮弗·罗克韦尔见面的吗？"

"说是也可以，说不是也行，关你屁事。"

"很好，但她已经死了。"我告诉他，然后举起双手做了个要他冷静的手势。"别激动，戴比先生，不会有事的。我们去那边角落坐坐，把这件事讲个清楚。"

他飞快地说："别用你的脏手碰我。"

我也马上回说："好的。那么你想过来听我打电话去你家吗？你老婆和女儿知道你和珍妮弗的事吗？她们知道你在一九八一年八月留下的那个纪录吗？那是件强暴案，我没说错吧？外加重伤害。那是你还在内布拉斯加州鬼混的时候干的好事，你应该还没忘记吧？

"艾瑞克？"我对酒保说，"给我一杯纯真玛莉，加一杯双份杜尔威士忌给这位先生，一起送到我那张桌子。"

"马上来，胡里罕警探，马上送去。"


在我眼前的这个人（现在他就坐在我对面，整个人几乎挤在窗边的角落里，他背后的中空鸭子塑像，看起来就像栖息在他左右肩膀上一样），我想只是个进化到一半的乡巴佬。他身穿料子颇佳的花呢外套和斜纹裤子，无论何时出城都彻头彻尾喝个烂醉。这和以前的我还真是臭味相投。黄褐色皮肤，上衣口袋里插着一副墨镜，还有一头令他无比自豪的黄褐色头发——让人不得不讶异他的名字居然不叫兰迪、罗迪或瑞德[1]。高大，壮硕，长相俊俏，配上一双小小的眼睛。正牌的花花公子， 甚至还有点像同性恋。

我说干了这杯，戴比先生。

他说今天晚上真是活见鬼才有这种鸟事。

我说你是珍妮弗·罗克韦尔的朋友？

他说是啊。不过，我只见过她一次。

我说什么时候？

他说哦，差不多一个月前。我固定会做商务旅行，大概每三或四星期一次吧！见到她是我上次旅行的时候。二月二十八日。我之所以记得，是因为今年不是润年。我是在二月二十八日遇到她的。

我说在哪里？

他说在这里，就是这个地方。在那边的吧台。她和我只隔了几张凳子，后来我们就聊起来了。

我问她是一个人来这里的，没有在等人吗？

他说是，一个人点了杯白酒坐在吧台。你知道的。

我说那你那时有什么想法？

---

1 Randy、Rowdy、Red，这几个名字都有粗野、无赖或暴力之意。

他说告诉你实话，我觉得她真像模特儿，或者可能是那种高级的应召女郎，像你在上等饭店会叫到的那种。我并没有打算付钱，不过还是和她聊了起来。我感觉她是个满不错的女孩子。我看见她手上没戴婚戒。她结婚了吗？

我说你们聊些什么？

他说生活。你知道的。生活。

我说是吗？哪种内容？有时得志，有时失意，凡事要三思而后行。诸如此类的屁话吗？

他说喂你怎么搞的？我在认真回答你的问题呢，你够了吧？

我说你跟她聊你老婆和小孩的事吗？

他说还没谈到。

我说结果你约了她。就约今天晚上。

他说请注意，我可是行为端正的绅士。

戴比说起他服务的那家位于达拉斯的公司，从华盛顿特区请了一位专家为他们举办社交礼仪研习会，探讨如何避免性骚扰官司。他强调，这年头你非得特别小心不可，因此他向来都让自己的行为像个绅士。

我说当时是什么情况？

他说我说你愿意和我吃个晚饭吗？在这里或是去餐馆？她说我很乐意但今天晚上不太方便，等下次你进城我们再约好了。

我说那她怎么会把我的电话号码留给你？

他说这是你的电话号码？

我说是啊。我们昨天已通过话了。

他说是你喔？嘿，怪不得。她说过那不是她的电话号码，说是她一位朋友的，还说如果我打电话去她住的地方，恐怕会让她和同居的那个家伙产生困扰。

我说得了，淫虫，事情才不是这样。真正的经过是你在纠缠她。没错！是你在纠缠她，我不知道在这间酒吧，还是在饭店大厅，说不定你一直追她到大街上。她给你电话号码是为了摆脱你。你这个⋯⋯

他说事情绝不是这样，我发誓。好，我的确护送她离开这里到出租车站，她才写下这个号码给我。看，你看。

戴比从口袋中摸出皮夹，以他那粗大的手指笨拙地在散乱的名片中翻拣。在这儿。他抽出来给我。是我的电话号码，以及珍妮弗秀气的签名，后面还跟着打了两个叉——意思代表亲吻。

我说你吻了她，阿诺？

他说是，我吻了她。

然后他沉默了。现在情况渐渐明朗，气势已倒向戴比那边了。随着激起的肾上腺素和那杯他老早吞下肚的双份杜尔威士忌，他又露出快活的模样，仿佛酒效延迟了发作时间。

"是啊，我吻了她。亲吻人犯法吗？"

"用舌头吗，阿诺？"

他伸出一根手指头指着我。"我的行为举止是很高尚的，告诉你，骑士精神还没死亡。她到底是怎么死的？"

这还真有的说了。 她死了，但骑士精神却没。"是意外，手枪走火。"

"天啊！那样美丽、那样的仪态，竟然⋯⋯"

"好了。谢谢你，戴比先生。"

"就这样？"

"是的，就这样。"

他凑上前向我靠近。他呼出的气息中，除了酒气，还有一股浓浓的男性荷尔蒙味道。他说：

"昨晚我们通电话时，我还以为你是个男人，不是那种小个头的男人，而是某个像我这种身材的男人。人们都会犯错，不是吗？在你露出警徽给我看的时候，我就十分确信你是个女人了。再让我好好看一眼吧。告诉你一个消息，我房里还有一瓶库克香槟放在冰桶里。也许今晚不会白白虚度。喂，干吗那么急？你在值勤吗？来嘛，留下来好好喝个痛快。"

过去，我有时的确会喝个烂醉，直到身体产生排斥感为止。我还会服用一种药物，如果你把这种药跟酒混着喝下去，就会出现癫痫患者那种痉挛现象。而我就是把这种药混着酒吃，感觉这样做效果会极佳。但去他妈的，痉挛现象只持续了几天，然后你什么事也没有。

但现在我不能这么做了。如果我再和酒精搅和在一起的话，后果就是暴发性肝衰竭。我不敢再像以前那样喝酒，因为我一定回不来的。

我打算改名，应该还不算太迟。我想改个女性化一点的名字，诸如珍妮弗·胡里罕警探之类的。

一个女生拥有男性化的名字，而且还留着不换，其实没什么好大惊小怪。我就曾遇到过一个叫"戴维"和一个叫"保罗"的女生，她们都没想过要把名字改得好听点。我甚至还遇到过一个和我一样叫"迈克"的女生。我们都默默承受了。但是，那些叫做"普莉丝拉"的男生，有谁在成年后不把自己的名字改掉呢？

有件事情让我一直纳闷：既然我父亲要强暴我，又何必把我的名字取成"迈克"呢？难不成他还是个同性恋？此外，还有另一件事更让我想不通：我竟然从未断过对父亲的爱，直到现在仍深爱着他。每当想起他的时候，在我还来不及反应之时，心中总是先泛起满满的爱意。

夜车又驶来了。首先是尖如刀刃的锐利声响，接着，它发出呜呜，声音刺耳但还算和谐，有如一群汽车的喇叭在同时奏鸣。

## 千疮百孔

勤务中心调派员指示你去史坦顿山，到那里的一栋都铎风格的大宅第去。两个泪流满面的父母，由几个泪流满面的仆人搀扶着，带领你往楼上走。在你搭档的陪伴下（这次这件案子是西尔维亚），你们进入一间摆满立体音响和计算机设备的卧室，这里有满箱满柜的 CD 和计算机软件，墙面则贴满美女和摇滚明星的海报，床上则是那个可怜的孩子的尸体——睁着无神的眼睛，耳上别着一只耳环。他的裤子已褪至脚踝处，整个人躺在情色杂志和硝酸戊酯[1]堆中。在房间的录像机中有一卷租来的成人录像带，此外，他枕边还有一个遥控器压在那儿，脸上则半罩着一个塑料袋。于是，你们在此待了一个小时，在现场鉴识小组成员工作的同时，尽可能侦讯这栋屋里的人。当你们一回到侦防车上，你们同时耸了耸肩，而你们中的一个则开口说：

至少让他送命的原因还算不错。

的确，他并没有轻易放弃生命。你知道吗？

---

1 原文为 Amyl Nitrate，一种在同性恋酒吧中相当流行的兴奋药物。

知道什么？

他是为了我们所有人这么做的。

他那么做并没有想到他自己。

他是在为我们拓展新境地。

为了我们而不顾自己的性命。

没有人的爱比这更伟大。

无人能比。

他奉献了生命。

为了追求更美好的手淫。

说得好。为了更美好的手淫。

有了电视，你会以为一切都会如愿以偿，无论什么事情都有圆满结局。犯罪者终究会受到制裁，恶徒会在心理侧写下无所遁形，不在场证明会被攻破，开过的枪口都会冒烟，最关键的那名神秘女子最后一定会在法庭上现身。

动机，动机。"动机"产生行动，产生催促。但对于凶杀案，现在我们才不管什么动机。我们才不会为它多费心思，也不关心"为什么"。我们只说：去他妈的为什么。在半世纪前，动机也许曾值得列入考虑，也许曾相当可靠，也许曾经状况良好。但现在随着电视的出现，它几乎全他妈的随风飘散了。

告诉你谁想要一个"为什么"。是观众想要知道为什么，他们希望看到《佩里·梅森》[1] 和《辩护律师》[2] 影集回放，他们要的是《五十四号巡逻车，你在哪里？》这种电影。

他们想要每十分钟就会出现的商业广告，否则绝对不会

---

1 *Perry Mason*，美国五六十年代红极一时的犯罪类连续剧。
2 *The Defenders*，探案类的热播美剧。

这样。

有他杀，有自杀。但对于自杀，我们全都想知道"为什么"。

那么，这次的案子会如何发展呢？

明天晚上我会和特雷弗·福克纳再见面一次，也许能在这次会面中再挖出一些新证据或其他线索。但如果没有，这案子也就差不多了结了。事情就是这样，不是吗？我已清查过所有名字出现在珍妮弗通讯簿上的人，也调查了她的通联记录和信用卡账户。现在只剩一个缺口：我还没查到锂盐的来源。托尼·西尔维亚去找过毒品科的亚德里安·德拉哥，并根据他们提供的线报做了一番清查。但我们要查的毕竟不是街头贩毒案，因此我不指望能从这里得到任何消息。

但是……哎，珍妮弗·罗克韦尔虽是一个穿着实验室白袍的美人儿，但她毕竟不是神仙保姆玛丽·波平斯[1]。一个旋转中的陀螺，在力量开始衰退之前，看起来都是静止和稳固的。后来它先颤动一下，然后转速渐慢，歪向一边。它摇摇晃晃，蹒跚跟跄，嘎嗒哗啦发出声响。最后，它一动也不动了。

答案是成堆一起来的，难道不是吗？我们查到性爱、药物和摇滚乐。这已经超过平常所得，已经多到不能再多，简直跟电视影集没两样了。

所以，我为什么不接受呢？

---

1 这是澳大利亚著名儿童文学家 P. L. 特拉弗斯（P. L. Travers）笔下的主要人物，"玛丽·波平斯阿姨"系列共有六本。

我一直想着她的胴体。我一直想着珍妮弗的胴体，以及她所拥有的那股自信。如果你看见她穿泳装，你一定会这么想……五六年前的一个夏日，罗克韦尔夫妇为庆祝结婚纪念日，包下了特拉姆饭店的整个游泳池。当珍妮弗从更衣室出来，穿着全白的连体泳装向我们走来时，我们全都鸦雀无声，过一会儿西尔维亚才说："嗯，还不错。"然后瑞贝卡奶奶才抚掌感叹说："Zugts afen mir!"（对我说吧！）的确，我们也应该如此幸运才对。在看见她的那个当下，你会闪过魅力之根源乃是基因遗传的这个想法。遇上珍妮弗，你的基因就会坐进高级轿车，汹涌向前。她的胴体可以说是一种羞赧，对任何人而言都是一种极端的羞赧（就连特雷弗也低下了头）。但对她个人来说却完全没有羞赧的感觉。她举手投足之间皆流露着自信，这是不言而喻且自给自足的——我想该用"完美至极"一词来形容。她根本用不着为自己的身体费半点心思，不像我们这些人一想到自己的身体就会为身材而苦恼。是的，一点也没错。我们也应该如此幸运才对。

那天在特拉姆的游泳池畔，还有另一件事情好说。出席的两位老奶奶，瑞贝卡和蕾哈娜（她们第二年在一个月内相继过世）上演了一出双簧好戏。瑞贝卡十岁的时候，就戴着父亲的帽子在维也纳街头扫街，她可以说是个光明的天使。蕾哈娜含银汤匙出生，她和瑞贝卡相反，是个阴沉、尖刻以及小心眼的威尔士人。如果你认为 Schadenfreude（幸灾乐祸）这个字是德语的话，你只要和蕾哈娜相处五分钟，就会改变这个想法。还有她那张嘴，那张仍带有口音的嘴，就连我也会被她吓到。蕾哈娜婆婆这辈子过得养尊处优，真正值得她抱怨的事情只有一件——尽管她的孩子如今都已长大成人、事业发达，但她竟然生了十五个。

那天在游泳池畔，她说：

"我就像斗牛场上的马一样，身体里有好几袋锯木屑。"

我说："这是威尔士的习惯吗？我还以为这是爱尔兰的习惯，生一堆小孩。"

"不，并非如此。都怪他，比利，是他想要这么多。我只想要两个。但在生下小艾伦后，他居然还要我再生。"

"再生？"

"不分日夜，就是要我再生一个。我那时说，'别这样，比利。让我休息一下吧，我已经前窗白恐了。'"

"你什么？"

她还是发出一样的音，前窗白恐。是"千疮百孔"吧。

有时我看待这件案子，也会出现一样的想法。

千疮百孔。

## 变换所有已知条件

今晚我和特雷弗见面。

在我赴约之前，我做了一件事，再看了一遍上次在局里侦讯时做的笔录副本。那天我在那间小小的侦讯室的努力并没有用对地方，但他那份固执倒让我留下深刻的印象。我看见笔录上有这段记载：

我有一位目击证人，在七点三十五分的时候看见你走出屋外，一副苦恼的样子。"很生气"，或说烦躁不安。特雷弗，这个描述吻合吗？

没错。时间正确，情绪也是。

稍早我错过了这点，如今我提醒自己，今天晚上一定要提出这个问题：为什么情绪不好呢？

在我出门以前，我还做了另一件事，在浴室里花了大概一个小时使用遮瑕膏、粉饼和口红，甚至，看在老天的分上，我还使用了眉毛钳。此外，我昨晚已洗过头，但今天又早早洗了一次。我猜，有时人们会这么做，不见得有什么特别的理由，顶多只是为了自己，想在她喜欢的男人身边感觉到自己最好的一面罢了。另一个解释可能是，我暗恋上特雷弗了。是这样吗？那又如何？反正这不具任何意义。我只能说，如果他想寻求慰藉，那我便会大方提供。在我出门的时候，托比以怪异的眼神打量了我好一会儿。托比这个人还可以，他是个温和的巨人，和那种暴力型的巨人相反，也和丹尼斯、乔、肖恩和杜温这些人都相反。

很久以前，我就知道，我找不到好人。

我是好人中的一个，但我出去找到的全是坏人。我可以找到坏蛋。

但我却找不到好人。

我就是找不到好人。

这是个漫长的夜晚，且就这么漫无方向地度过。

特雷弗已搬回那栋公寓。我的刑案现场已被摧毁：那间卧房已重新装修过了。房里的那把椅子（是同一把椅子吗？）被罩上了一块白布搁在那儿，而角落里仍摆着一把折叠梯。特雷弗说他还没在这里面睡过。他后来都睡在沙发上，还可以边看电视。

"嘿，电视，你终于会过生活了。"我说。不带其他含意的字眼还真难找。"搬回这里的感觉如何？"

"住在这儿的感觉，强过不住在这里。"

还是一样。在我看来，这个观点恐怕不会被珍妮弗·罗克韦尔接受。

他给我倒了一杯苏打水，我跟着走进厨房，看他往杯里加冰块和柠檬。特雷弗身体的动作总是慢条斯理的，而今晚他的脸也一样，似乎罩上了一层迟缓的阴影。有时候，要不是知道他懂数学和许多事，你还真以为他是那种戴着面具的傻蛋——那种除了长相外其他一无是处，只会散播一点点悲伤的家伙。但那智慧之光很快就又回到他那温柔的棕色眼睛里了。我努力回想，他是否以前就喜欢皱眉，脸上就有这种阴影，还是这些都是在一个月前才染上的，在三月四日那天——如此多惊慌与无措诞生的日子？他在喝酒，整个晚上不停地喝。加冰块的杰克·丹尼威士忌。

他举起酒杯，转身对我说："干杯，迈克！"

他转了身，但不是对我这样说："你掌握了什么？你查到了什么？"我想知道他所知道的事，他却不想知道我所知道的事。

有时候，我们的谈话变得非常……我该怎么说呢？……非常有条理。

会是小孩的问题吗，特雷弗？我猜我还在寻找形状大小都刚好的线索。她会不会因为生孩子的事而焦虑？

她没有这种压力。我是很想要小孩，但我绝不会逼她。如果她想生一个小孩……那当然好极了；如果她想生十个小孩……我

117

也无所谓。这就像堕胎一样，决定权是在女人自己手上。

说个题外话：她对堕胎的看法如何？

在那些争论不休的话题中，这大概是她唯一感兴趣的议题。她是自由主义者，但对这行为有不少疑虑。我个人也是一样。这就是为什么我不愿讨论这个话题，让女人自己去处理吧。

有时候，也不是那么有条理。我们的谈话有时也会向散漫的地方倾斜。

"你看这个。"

他坐在扶手椅上，那是他的阅读椅，摆在一张堆满书的圆桌旁边——桌上还有台灯、玻璃杯、装框的相片。他伸手拿起一本皱巴巴的平装书，说：

"这是在书架上找到的，书脊朝向墙壁。我不敢相信她居然读了这本书。"

"为何这么说？"

"因为这本书写得太不像样了。"

这是一家小出版社印行的书，书名叫《了解自杀》。是由某个名字中有两个缩写字母的医生写的。我翻了一下。这不是最近颇为热门的那种"如何做"手册，而是站在咨询者那端，提到了急难救助、生命线、劝说技巧之类的。

"她划了重点。"我说。

"没错，这是她的习惯，她看书的时候手上总是拿着一支铅笔。我不知道她什么时候买的，也许是这十年中的某一天吧。"

"她有签名。"

"但没有写日期。而且，她的签名很久以前就固定是那个样子了。迈克，你何不拿去做核子测试？动用你那边刑事鉴定的设备，做硼活化测试。不都是这样吗？"

我放下这本书，不太能掌握他此刻的情绪起伏。我说："是汤姆局长，特雷弗。这家伙已经快失去理智了，我这么做都是为了他。"

"嘿，我提供个情报给你。是汤姆干的。"

"干了什么？"

"杀珍妮弗，他杀害了珍妮弗。"

"你再说一次？"

"他是最不可能这么做的人，所以一定是他。别装了，要编出理由陷人入罪还不简单吗，只需要一点点的不负责任就行了。这就像重新装潢这间卧室一样，方法有上百种。可以是米里亚姆干的，是巴克斯·邓辛格干的，甚至是你干的。不过我们还是锁定汤姆好了。是汤姆干的，他等我一离开这里，就溜了进来，干下这件案子。"

"好吧。那么，他为什么不就这样让案子结了呢？他干吗还把我拖进来？我今天晚上坐在这里又究竟是为了什么？"

"那是障眼法，想分散世人的注意，这样所有神志清楚的人就永远也不会想到事实了。"

"杀人动机呢？"

"简单，我来讲一个。是珍妮弗想起一个可怕的秘密，一个和过去有关，且是她极力想要压抑的秘密。她甚至因此而服用药物。"

"服用药物？"

"当她还只是个小女孩时，她问她爸爸……他进她的卧房干什么，他为什么要她做那些坏事，为什么他……哎呀，不……真抱歉，迈克。"

"没关系，但别再说了。是珍妮弗自己干的。"

"珍妮弗干的，不就是这样吗？但为什么大家不闭嘴，为什么大家不……闭上那张烂嘴？"


然后是一个意外的发现：

你和邓辛格教授谈过吗？

是的，我和巴克斯谈了。

他有告诉你……

有，他说了，那件事让他感到非常痛苦。我认为在某种程度上，这正是她的一种类型。我并不是指无能，那不是她的类型。我说的是她做事的方式，改变数据，变换所有已知条件。

为什么这样？

我不知道，就像如果你问她，谁会赢得十一月的总统大选，她就很难对这个问题产生兴趣。不只是候选人的问题，而是整件事没有已知前提，没有参考数据。对她来说，这种事情根本没有线索。

邓辛格有没有告诉你，她的行为好像是故意的？

我认为，在这个领域会出差错的唯一可能，是在当你拥有强烈个人信念的时候。就像桑德奇[1]发现类星体让所有人都为之惊艳，但他的研究成果却早被棕矮星给弄偏差了，因为类星体与棕矮星非常相似。这也像在球场上，当你一心想要有个好球打时，

---

1　桑德奇（Sandage Auen Rex, 1926—　），美国天文学家，为今日公认的恒星演化理论作出了重要贡献。

就算飞来的球不怎么样，在你眼中也就变成好球了。珍妮弗不会无中生有，我认为那只是模式的一部分。

你说过她不是符合模式的那种人。

但患有心理疾病的人却会如此……会把你绑在一个模式之内。有些非常老套。她除了这点还干了别的事。她开始疯狂购物。

买了什么？别告诉我是汽车或钢琴。

不，她买画，都是一些垃圾。她对绘画的鉴赏力并不突出，我虽然也半斤八两，但这些画在我看来和机场艺术品没两样。我不断把上门的货退掉，幸好画廊也不埋怨。这根本是自杀性行为，他们都曾经见识过。

她都开远期支票。

……没错，都是远期支票。星期五又送来了两件货，支票开的日期是四月一日。

愚人节玩笑。

没错，是愚人节的玩笑。


然后是另一个意外发现：

他才刚向我讨了一根烟，他今晚的第一根，而我第二包烟都快抽完一半了。我说：

"关于解剖的药物反应，也许你会觉得意外，但我不这么认为。我觉得，汤姆应该跟你提过这件事了。"

"米里亚姆跟我说过，她后来什么事都告诉我了。锂盐？她说的时候我装聋作哑，但其实我早就知道了。"

"你知道珍妮弗服用锂盐？"

"我是在她死后才知道的，"他叹了口气说，"迈克，你告诉我。那本书……《了解自杀》并没有了解自杀，也没有了解任何事情，而且它对遗书的部分写得特别含糊。你说，自杀的人都会留下遗书吗？"

这很难统计，我这么回答。

"留不留遗书有何差别？遗书又代表什么意义？"

这行为本身是没什么意义的，我说。意义因人而异，因遗书而异。有的是安慰人，有的是责怪人。

"她留了一封遗书。她写了一封遗书，通过邮局寄给我。她自杀后我隔了一个星期才回去上班，一进办公室就看见这封信在我的桌上。信在这，你自己看。我现在要去做她在星期六早上会做的事，她这封信是那天寄的——我去这附近散步一下。"

我一直等到听见关门声，才俯身凑近录音机。我努力想让自己的声音大一点，却怎么也办不到。看来我得靠录音机的音量控制器了，因为我自己的控制器已发生了故障。

"亲爱的，"我轻声念道，"很欣慰，你现在又回工作岗位了。让我感到欣慰的不光是这点，还因为你是这星球上最好的情人，相信你最后一定可以原谅我的所作所为。

"你对我的了解胜过他人十倍，但我并非完全如你想象。差不多一年前，我发现我正渐渐失去对思维的控制能力。我只能这么说，我的脑子开始自行思考它自己想思考的，做它自己想做的，而我却无能为力，仅能在一边旁观。我不敢去找塔金霍恩，因为我不相信他不会跟我爸爸说。我觉得我可以自愈——这也许是我那已不受控制的脑子放出的假讯息。我研读相关书籍。你以为我每个星期一都在柏根体育馆，其实我是在彩虹广场，在那里，所有 GCG 生化公司的人都会到草坪上吃早午餐。再也没有哪个地方比这里更容易买到便宜的药物了。从去年五月开始，我试过各种不同的镇定剂。"速爽""打百苦""癫通"[1] ……名字听起来多美好，却会让你脑袋空空。但是，连它们后来都失效了。

"我好害怕。我不停在想，我要去做一件从来没有人做过的事——一件毫无人性的事。这件事就是现在我所做的吗？宝贝，我只能陪你到明天晚上了。你在我眼中是完美的。记住，这件事你是无能为力的，你没办法改变任何事。

"妈，救我。爸，救我。爸，救救我。对不起对不起对不起对不起对不起对不起对不起对不起对不起对不起……"

就这样，一直到这张信纸的最后，都是：对不起。


一会儿之后，我又回到厨房，再度喝着苏打水，再度看着这个男人走来走去。冷风不只让血液冲上他的脸颊，现在他举手投足比刚刚敏捷多了，弄出的声音也吵多了。他的动作变得很大，呼吸声也变得相当粗重。我换了一卷录音带，抽着香烟，试图以此来缓和我内心的思绪。但我的思绪始终无法平静下来，它同样变得更好动、更吵闹——而且还变得更冰冷、更愤怒。

他回头说："迈克，服用那种玩意难道不会有任何症状吗？任何生理的症状？"

"有，可能会有。"我回答。

"难道你的脸不会肿起来，头发不会掉光吗？"

---

1 原文为 Serzone、Depecote、Tegretol，皆为情绪稳定药物。

"没错，有此可能。你会一夕之间就变成了柯杰克[1]。"

"迈克，你会相信吗？如果我说……我对自己的观察力可真是……真是愈来愈有信心了。我和一个服用情绪药物的准自杀者住了一整年，而我竟然浑然不知。就算和我同居的人是柯杰克，搞不好我也不会发现。不过，我在和她上床的时候总会发现吧？你倒是说说看。"

"有些人不会有任何生理症状，不会产生复视，甚至一点迹象都没有。珍妮弗，珍妮弗就是这样，她很幸运，拥有这种身体。"

"有这种身体真是可怜，真是可怜啊。"

珍妮弗的光芒正逐渐离开这些房间，她对整洁的坚持也渐渐离开这些房间，一种雄性的混沌正缓缓开展——但目前暂时还没有任何东西被改变。她的蓝色行李箱待在窗下原本的位置，她的书桌仍保持在她临死前的忙碌状态。那盆摆在我们所坐的桌子上、介于台灯和装框相片之间的干花和香料，也继续渐渐老化下去。

"天啊，"我笑着说，"她身上穿的是什么？魔法香菇？"

特雷弗俯身向前。"你说珍妮弗吗？"

那是毕业照。相片中，三个女生站着……不，是弓着身，身穿长袍、头戴平顶学士帽。珍妮弗笑得很欢，嘴咧到不能再咧的地方，而眼睛则眯成了两道湿润润的细缝。她那两个朋友样子也

---

1 柯杰克（Kojak），1970年代美国电视连续剧《柯杰克》里的侦探主角，是个大光头。

好不到哪儿去。然而相片中还有第四个女生，陷在相框的角落里，她看起来对相片中的这种笑容完全免疫——甚至，她的免疫力可能扩及所有笑容。

"不，"他说，"珍妮弗？噢不……瞧，这就是让我忽略这点的原因。"

他顿住了——随后皱起了眉头。或者说，那片阴影又浮现出来了。

"什么？"我问，"什么忽略？"

"她讨厌任何情绪上的起落转变——就她个人而言。我的意思是，她在大学的时候，也和所有人一样经常会有这样的情绪起伏，但后来她改正了，事情就是这样。你是知道珍妮弗的。她只喝一杯红酒，绝不碰第二杯。她会这样是有原因的，在我认识她的时候，整整一年，她的室友就是这样发疯的……"

"菲莉达。"我说。我又看见他脸上的那片阴影。

"没错，就是菲莉达。她那时天天服用锌、锰、钢和铬等药物，珍妮弗就说：'她每天吞掉一辆雪曼式坦克。你还能指望什么？她这个人根本就报销了。'你知道吗，有时我晚上喜欢喝点酒，抽几根烟，珍妮弗从来不管我这方面的行为。但她自己呢？她不吃安眠药，什么也不吃。就算是阿司匹林，她也撑到不得已的时候才吃。"

"她后来有和这个菲莉达联络吗？"

"没有，感谢上帝。就写过几封信而已。听说，她先是在她继母那里，后来全家人搬去加拿大了。"

一会儿后，我说："你介意我问一个很私人的问题吗？"

"请说，迈克。别客气。"

你们的性生活如何?

很好,谢谢。

我是指去年这一年。你没感觉性爱的品质有往下掉一点吗?

也许吧,我猜,也许有往下掉一点点。

因为这往往是前兆。所以,你们多久做爱一次?

哎,我不知道。我想,去年这一年我们一天大概做一次或两次吧。

一天?你是说一星期一次或两次吧?

是一天一次或两次,周末的时候还更多。

谁主动的呢?

什么?

都是你主动的吗?听着,你可以不把我说的当一回事,但我必须说,有些女人——特别是长相特佳的那种,她们就像从冰箱里拿出的蜂蜜,是涂不开的。她在床上的表现如何?

……很迷人,很放松。告诉你这些,我自己的感觉也舒服得很。说来好笑,你刚才看的那封信,大概是她寄给我的信件中唯一可以公开出版的。她曾这么说:"你觉得有人会相信我们花了多少时间在做这档事吗?两个理性的成人?"我们去南方度假,回来之后所有人都问我们,为什么我们两个人一点也没晒黑。

所以性爱占了一大部分。

根本不能用部分来区分它。

……你从来没感觉到她内心的紧绷吗?我是说,她那么早就和你在一起。你不会这么想吗?也许她会有那种感觉,觉得自己错过了什么。

算了吧，我会知道才有鬼。你听好，迈克，我把能讲的事都告诉你，说说我们之间是怎么回事。我们一直很不想跟其他人相处，这样是有点麻烦。没错，我们有朋友，我们有兄弟，我们经常去看汤姆和米里亚姆，也经常参加聚会，和我们圈子里的人交往。但是我们并不喜欢，我们最喜欢的就是和彼此相处。我们把时间花在谈天、欢笑、做爱和工作上，我们觉得最理想的夜间约会就是在家里度过。你想说人们并不这么希望吗？我们一直以为这样的热度会冷却下来，但始终没有。我并没有拥有她，我也没有百分之百认为我们的感情绝对稳固——因为一旦你这么想，那么最美好的那段时光就过去了。我知道有一部分的她是我所无法见到的——她保留给自己的那个部分。但那部分是属于她的才能方面的，并不是他妈的什么情绪。我认为她对我的想法也是一样，我们用同样的想法对待彼此，难道这不是所有人想要的吗？

我拖了好久才离开那里。当我拿起皮包放在膝上时，我说：

"那封信。在我请你到局里去的时候，这封信就在你皮夹里了吗？"他点点头。我说，"你本来打算用这封信灭灭我的威风吧？"

"迈克，你并没有什么威风，你只是太执着了。"

"我是为了汤姆局长，就只是这样而已。你早点把信拿出来，事情不就马上摆平了。"

"的确，但我并不想让事情马上摆平。我想让事情慢一点过去。"

"三月四日那天，你说她看起来很愉快的样子，一整天都这样。'和平常一样愉快'。"

127

"没错。不过，那是珍妮弗向来抱持的想法，她认为保持愉快是人们的道德责任。不是装出来表面上的愉快，而是打从心底的愉快。"

"那你呢？你说过，当时你离开这里时，你觉得心情'苦恼'。为什么'苦恼'呢？"

他的脸上一片茫然，接着飞快闪过一个尴尬的表情。他闭上眼睛，提起手扶着自己的脑袋。

"下次吧，"他说，同时起身，"我们下次再谈关于'苦恼'的问题。"

我们走到大门口，他协助我穿上夹克。他把我的头发从衣领下撩出，在这么做的时候，他碰触到我，手指轻轻滑过我的颈椎，让我的心神为之一荡。我转身说：

"当人们这么做……当人们做她所做的那种事之后，会改变一件事情。他们结束了，解脱了。对他们来说什么事也没了，却把一切事情全抛到了你身上。"

他凝视打量着我，好一会儿后才说："不，我没有这种感觉。"

"你没事吧？"

我对他摆出一个最温柔的表情。但是，我想这个表情可能有点畏怯。珍妮弗已经是过去式，而我可以让他忘却烦忧。这种话我讲不出口，后面的就更别说了。而在这种时刻，连你自己都不喜欢你自己，那么也就不可能有谁会喜欢你了。也许我的表情不是如此温柔。也许，在此时此刻，我的温柔表情真的并不太温柔。

"我很好。你呢，迈克？这个地方……"他说，同时转头打量左右。"我发现……你有与某个身材完美的人同居的经验吗？外貌上的。"

"没有。"我不假思索地说。根本不必考虑丹尼斯，不必考虑杜温、肖恩和乔。

"我现在才发现，那是多么不可思议的奢侈的日子。这个地方……我想这个地方还是一样非常舒适，但现在这里对我来说却像廉价旅馆，像个垃圾场，没有热水，没有电梯。"

最后，陪我一起回家的，就只有这本《了解自杀》。

正如特雷弗所说，这本书写得极烂，它的内容早已过时，作者却自命不凡、假装清高。尽管这是事实，但我相信我可以从这本书的内文中找到我想知道的事。

这条线索很冷，这条线索已达到绝对零度。但我却颤抖了——就像你终于开始温暖起来时那样。

## 现在什么都不剩了

我大约在午夜时分回到公寓。

在卧房里，我凝视着托比，看了好久好久。他的身体还能做什么？夏天晚上，他唯一能做的就是坐在电视机前看球赛，手里拿着淌着水珠的啤酒罐。即使在睡梦中，他也在受罪。仿佛一座永远处于苦难中的大山，板块发生了椎间盘突出，软骨卡在地壳与地函之间。

当我告别凶案组，眼前不再有繁重工作，只剩下慢慢让自己从酗酒的毛病中复原时，我常常熬夜不睡，醒着直到夜车驶过为止——不管那班夜车几点驶来。在这之后，就是倒头睡上漫长一觉，直到夜车驶来，造成陶碗瓷盘的惊慌，造成我脚下的地面震动。

这正是我现在想做的事。我要好好睡上一觉，不管睡到几点。

*我的迈克·胡里罕会负责此案，让真相水落石出的。*

我的确这么做了，也的确让这件发生在九十九街的命案水落石出了。

这是一件最令人发指的命案，却也是凶案组的刑警梦寐以求的那种：具有高度垃圾新闻价值，又受到政客关注施压，足以登上头版位置的案件。只要全力冲刺一下外加一点直觉，这种案子往往可以快速侦破。

命案的被害人是个十五个月大的男婴，他的尸体被发现在九十九街靠近奥斯维尔的一座休闲公园，被装在一个野餐用的冷藏箱里。经过辖区初步调查，干员们都来到麦克勒兰街上的一栋贫民公寓。当我抵达那里时，街上聚集在封锁线外的群众已有上千人，各家媒体的转播车云集造成严重的交通阻塞，空中甚至还有好几架卫星直播直升机在不停盘旋。

公寓里，已有五名刑警、两名小组督导和局长待在这里，他们一边伤脑筋该如何把这些人带回局里而不引起骚乱暴动，另一边同时对屋里的两个人进行审讯——一个是二十八岁的女性拉多娜，另一个是她的男友迪雷诺。要是在十年前，甚至一个月前，我在重述这件事的时候，可能会说她是波多黎各人而他是牙买加人。这是事实没错，但目前只要说他们是有色人种就够了。现场还有两个沉默的小女生，十三岁的苏菲和十四岁的南希，她们坐在厨房的椅子上，穿着白袜的双脚不停摆动着——她们都是拉多娜年幼的妹妹。拉多娜坚称那个死婴是她的，那个冷藏箱也是她的。

这是在奥斯维尔区相当常见的剧本：这个家庭到户外享受野餐（这件案子发生在一月），那个学步中的小男孩走丢了（身上只包着一片尿布），他们急着找他（在这个空旷的场所），遍寻不着（然后就回家了），结果忘了把冷藏箱带走。根据拉多娜的说法，事情的经过解释起来似乎相当合理。学步的孩子最后还是回到野餐的地点，还自己爬进了冷藏箱，把盖子盖上（还扣上了箱子外面的扣子），结果就闷死了。但根据法医初步勘验，这孩子是被勒死的（进一步的结果需等解剖后才能揭晓）。不过，若照迪雷诺的讲法，事情就会变得复杂一点。当他们放弃搜索，正准备离开休闲公园的时候，他们看见一群光头白人——众所皆知的新纳粹分子和毒贩——跳下一辆卡车，朝他们最后看见孩子的那块空地走去。

我们全坐在那儿，听这两位"专家"滔滔不绝的剖析，但我的视线却落在厨房里那两个女孩身上。我看着苏菲和南希，突然，整件事就一目了然了。破案的关键是——那时隔壁的卧房传来一声婴儿的哭声。有一个小孩睡醒了，可能脏了，可能饿了，可能感到孤单了。拉多娜并未因此停止说话，完全面不改色，但苏菲却微微动了一下，身体离开座位一秒钟，而南希的脸上顿时露出憎恨的表情。刹那之间，我什么都明白了：

拉多娜不是那名被害男婴的母亲。她是他的祖母。

苏菲和南希不是拉多娜年幼的妹妹。她们两个都是她的女儿。

苏菲是隔壁房间醒来的那名婴儿的母亲。南希是冷藏箱里那个死婴的母亲。

凶手是苏菲。

实情就是这样。我们甚至连动机都查出来了：在当天稍早，南希用掉了苏菲的最后一块尿布。

我上了那天晚上六点钟的全国性的夜间新闻。

"这件命案与种族无关，"我向一亿五千万观众保证，"这件命案与毒品也没有关系，"所有人都可以松一口气了，"这件案子的起因是一块尿布。"


有三件事我没有告诉特雷弗·福克纳。

我没告诉他，就我看来，珍妮弗那封信并不像出自一个面临死亡压力女性的手笔。我看过上百封遗书，皆有几个共同点。它们会表达出缺乏安全感，而且内容往往沉闷无趣，毫无生气。"速爽、打百苦、癫通……名字听起来多美好"。在自杀者迈向生命终点之际，他们的思绪或多或少都有点自我折磨。无论是心平气和还是暴跳如雷，是畏缩害怕还是勇敢炫耀，遗书内容都不会幽默搞笑。

我没有告诉特雷弗，如果情绪上或感情上出现失序的话，性欲会急剧衰退。我也没补充说，如果是思想、是官能上的失序的话，性欲几乎会消失殆尽。除非，失序的是性欲本身，但那很容易引起注意。

我没有告诉特雷弗关于阿诺·戴比的事。不只因为我没有勇气，更因为我压根不相信阿诺·戴比。我一秒钟也不曾相信过阿诺·戴比所说的话。

现在是一点四十五分。

胡思乱想：

凶杀是无法改变的。它的手段会演化，但目的不会改变，就本质上来说它是不会有任何变化的。

但是，如果自杀可以改变呢？

凶杀可以朝愈来愈多的差异演化，衍生出许多新式的谋杀。

向上发展的是：

五十年代，有一个男人让凶杀案产生大突破。他在一架商业航线的客机上安放炸弹并引爆——目的是杀死自己的老婆。

所以当男人的，可以打下一架波音七四七（也许真有人打下了），以便杀死自己的老婆。

恐怖分子可以用一枚放在公事箱里的氢弹，把一座城市夷为平地：以便杀死自己的老婆。

当总统的可以发动世界核大战：以便杀死自己的老婆。

向下发展的是：

美国每个警察都领教过，每年的圣诞节也可以说是超级家暴日。在圣诞节当天，所有人都同时待在家里，这简直是一场灾难……我们把这种凶杀案称为"星星还是仙女"命案——杀人的理由是因为人们对圣诞树顶上的装饰要放什么而争论不休。除此之外，还有另一件事也很容易引起杀机——火鸡肉的切割方法。

一片尿布，也可以引起凶杀。

以此类推：因为一个安全别针而引起凶杀。

因为一点点臭掉的牛奶而引起凶杀。

话说回来，人们早就因为更小的事情而杀人了。"向下发展"早已达到最深极限，任何可能性都被探索和搜遍了。人们杀人已经不需要理由。他们走过马路杀人，却懒得带理由过街。

此外，还有模仿的行为。有人模仿电视、模仿他人、模仿那些模仿电视的人。我相信，模仿这种事跟荷马一样老，甚至比荷马还要老。它早于第一个被乱涂在山洞墙壁上的故事图画，早于火堆边口述的传奇故事。它比火还要早。

在自杀这方面，也不乏模仿的行为。没错，这他妈的千真万确。他们称此为"维特效应"，这个名字出自某本忧郁的小说。这本书曾被查禁，因为它在十八世纪欧洲的年轻人间造成了一股自杀风潮。我在这里的大街上看到同样的事：某个混账低音吉他手被自己的阴茎噎死（或被自己的扩音器电死）——一时之间，类似的自杀便蔓延全城。

还有一种会重复发生的焦虑，随着每个世代而来，担心自杀风潮会形成浩劫，彻底毁灭年轻的一代。这种焦虑让所有人看起来都好像会做出傻事，不过后来还是自动平息了。模仿是比肇因更突然的东西，它使那些终将会发生的事突然成了形。

自杀不会改变。但如果它真的改变了呢？凶杀已把原因省略掉了。有人会莫名其妙杀人，但不会有……

凌晨两点三十分，电话铃声响了。我想，对一个正常人而言，这若不是要有戏剧性发展，就表示即将大难临头。不过我还是以平常心接起电话，把它当作是白天打来的。

"喂？"

"迈克，你还没睡吗？我有件事要跟你说。"

"是的，特雷弗，我还没睡。你现在要来和我讨论'苦恼'

的问题了吗？"

"你可以把这件事当成'苦恼'的前兆。准备听了吗？"

他的声音虽不含糊，但相当缓慢——大约每分钟三十三圈的转速。

"等等……好，请说吧。"

有个丧偶的邮差，一辈子都在某个气候环境极其恶劣的小镇上工作。退休之日逐渐逼近，有天晚上，他熬夜写了一封充满感情的告别信给镇上的居民。写了许多这样的句子："不管冰雪风雨，无惧艳阳闪电，我诚心服务大众，奔走于雷声中、彩虹下……"他把这封信大量复印，在他退休之日的前一天，投入镇上每户人家的信箱。

隔天早上当地的气候照例天寒地冻，但看过这封信的镇民所给予的回应却够温暖。有人请他喝咖啡，有人奉上一片热腾腾的派饼，还有人送上了红包，但他全都谢绝了。他握了无数双手，然后继续前行，心中却有点小小的失望，这些镇民感动的原因好像不是因为他呕心沥血的成果……迈克，我说的是那封诗意盎然的告别信。

到了他送信的最后一站，是一个退休的好莱坞律师和他十九岁太太的住处。她曾当过衣帽间的服务员，艳丽动人，身材丰满，还有一双大眼睛。邮差按下门铃，而她一开门便说："那封提到雷电和艳阳的信就是你写的？请进，请进，快请进来。"

屋里的餐桌上已摆满了各式美食与红酒。她说她先生参加高尔夫球旅行刚出发去佛罗里达了，他被问询是否愿意留下吃顿午饭。喝完咖啡与美酒，她牵着他的手到壁炉前的白色毛皮地毯上。在琥珀色的光线下，他们做了三个小时的爱。迈克，他简直不敢相信竟有如此激情、如此强度的性爱，难道是他写的那封信深深打动了这个女人？是信中的彩虹让她纵情忘形了吗？他心想，总算在最后一刻，他找到了他生命中的那个女人。

他神魂颠倒地把衣服穿上。而那女人身上只穿着一件半透明的轻薄家居服，并送他到大门口。这时，她突然拿起门边桌上的皮包，掏出了五元钞票塞给他。

他忙问："这是做什么？抱歉，我不懂这个意思。"

她回答："昨天上午吃早餐的时候，我大声把你写的信念给我丈夫听，念那些冰啊雨啊还有闪电什么的。我说，'明天这家伙来的时候我该怎么办？'他说，'操他去！给他五块钱算了。'至于午餐嘛，那是我自己的主意。"


我勉强笑了几声。

"你没听懂。"

"不，我懂。她是真的爱你，特雷弗。我敢这么说。"

"是啊，但还不够到长相厮守的程度。好了，我们来谈'苦恼'的问题吧。我先道个歉，这对你来说可能一点用处也没有。"

"谈一谈倒也无妨。"

"我们每星期天晚上不会一起过夜，所以，在星期天下午上床，就成为我们两人都觉得不错的主意。我们一直这么做，包括三月四日那天我们也是如此。我很想说，我真的很想说那个星期天的感觉不同，例如她做爱时心不在焉或敷衍了事。像这种蛛丝马迹，我们不是很容易就可以挖出一堆吗？也许她在做爱时说了

'别让我怀孕'这句话。但是，完全没有。那天完完全全和过去没有两样。我像以前一样喝光啤酒，一样和她说再见。所以，那天我干吗要'苦恼'？"

他此时的声音，很像我的录音机在电池快没电时的声音。我点了一根烟，让他说下去。

"那是因为：在我下楼的时候，被自己的鞋带绊到。我蹲下来重绑，鞋带却啪一声断掉了。我还发现脚趾长了一根肉刺。当我从侧门出去时，外衣口袋不小心被门把给勾破了。事情就是这样。所以，我走到街上时，脸上的表情才会如此'苦恼'。迈克，我现在好想死掉。"

我想说：我会过去陪你。

"'操他去！给他五块钱算了。'我第一次听到这笑话只觉得幽默，现在它竟然让我尖声大笑了。"

我想说：我马上过去陪你。

"噢，天啊，我那时候就是不懂。"


那张标题为"压力来源和诱发因素"的清单，现在已所剩无几了。为了让自己保持心情平静，我考虑再制作一张清单，而清单上将这么记载：


| | |
|---|---|
| 天体物理学 | 资产没收组 |
| 特雷弗 | 托比 |
| 汤姆局长 | 爸爸 |
| 美丽 | |

但这份清单的重点是什么？ Zugts afen mir （对我说吧），是吗？我们都该这么幸运的。尽管我们不是，但至少还能在这世界上活下去。

压力来源和诱发因素。还剩下什么呢？我们还剩第七点。其他重要的人？此外，还有第五点。 心理健康？错乱性质：a）心理方面？b）思想的/官能的？c）抽象的？

我提笔把第七点打叉。把阿诺·戴比划掉。

我也把第五点的 a）划叉。稍微想了一下后，我又划掉第五点的 c）。接下来，我突然点点头，也把第五点的 b）给划掉。我全部删掉，一个也不留。

现在什么都不剩了。


在我想到的时候，已经是凌晨三点二十五分了。昨天是星期日，夜车一定早在数小时前就经过了。就在几个小时前，夜车来了又走了。

在珍妮弗·罗克韦尔死去的那天傍晚，天空清朗，能见度极佳。

但视宁度——视宁度、视宁度——的状况就不是那么理想了。

第三部

## 视 宁 度

我首先有感觉的是这个地方：胳肢窝。三月四日那天，珍妮弗·罗克韦尔突然香消玉殒，而那也是我第一次感觉似有把火在烧：在我的胳肢窝。

　　我醒得很晚，而且孤独一人——虽然不完全如此。托比早就走了，但还有另一个人才刚刚离开。

　　在珍妮弗过世的第二天早上，她就出现在我房里，站在床尾，直到我睁开眼睛。当然，我一醒来她就消失了。第三天她又来了，变得模糊了些。此后她就这样不断造访，每一次都比上次要模糊一些。但是，今天早上她却带着最初完整的能量回来了。是否就是因为如此，那些失去孩子的父母才会把剩余岁月的一半时间，在黑漆漆的房里度过？他们是否希望孩子的鬼魂，也能带着完整的能量归来？

　　这次，她不只是站在那里而已。她在踱步，一连好几个小时。她弓着身，走得飞快，却有点跟跟跄跄。我感觉珍妮弗的鬼魂似乎想要向我呕吐。


　　特雷弗说得没错，《了解自杀》根本了解不了任何事情，包括自杀这件事。不过，它还是让我知道了我想知道的东西。不是作者告诉我的，而是珍妮弗自己说的。

　　在这本书的空白处，珍妮弗做了不少记号——有问号，有惊叹号，还有或笔直或弯曲的线条。她还会在一些感兴趣的字句上划下标注，而这种字句也确实很容易勾起初次接触这一领域的读者的注意，例如：城市愈大，自杀率愈高。另外还有一些划了线的句子，我只能认为，珍妮弗划线的目的是在挑出这些话的平凡庸俗。诸如："许多人在大考期间悲哀地自杀。""当你遇到某个沮丧之人时，要这样说，'你好像有点低落'或'有什么不顺心吗？'。""痛失亲人之时，要让自己想开点，而非想不开。"是啊，没错，的确要这么做。

接完特雷弗的电话后，我仍熬夜不睡，就这么脑袋空空地读着这样的东西——自杀就各方面来说是多么不幸的事。后来，我看到了这段话，上头有珍妮弗亲手打上的两个问号。顿时我感觉着了火，像有人突然划下一根火柴。这种感觉是从胳肢窝开始的。

几乎所有已知关于自杀的研究，都显示出一个固定模式，即自杀者会释放警告或线索，向外表明他（她）自杀的意图。

固定模式。警告。线索。珍妮弗留下了线索。她是警察的女儿。

这点相当重要。

就在今天早上，当我乒乒乓乓翻动厨房壁柜想找低糖饮品时，突然有一个想法灵光乍现似的出现了。我发现自己呆望着托比藏起来打算慢慢啜饮的那些烈酒酒瓶，而这造成的反应是，我感觉自己的肝脏在闪闪发光，好像分泌出了什么东西。这时我心想：等一下。既然身体有外在的一面，也就会有内在的一面。即使是珍妮弗的身体，尤其是珍妮弗的身体。它消耗了我们如此多的时间。这个身体是——这个身体是米里亚姆所生，汤姆局长所保护，特雷弗·福克纳所呵护，海·塔金霍恩所看顾，以及保利所解剖的。天啊，难道我不了解关于身体的事吗？难道我不了解酒精——难道我不了解低糖脂吗？

你对身体做了某事，身体也会以某事回报。


中午的时候，我打电话到 CSU 大学的教务处。我报出名字和毕业年度，然后说：

"姓氏是——特劳恩斯，名字是——菲莉达。你那边有几个她的地址？"

"请稍待，先生。"

"我不是'先生'，好吗？"

"对不起，小姐。请等一下……她有一个地址在西雅图，还有一个在温哥华。"

"就这样？"

"比较新的是西雅图那个，你想要吗？"

"不要，菲莉达已经搬回城里了，"我说，"她的监护人姓什么，可以麻烦你查一下吗？"

我把这个讯息转给西尔维亚。

接下来，我打电话给州解剖官保利。我约他今天傍晚出来喝一杯，六点钟。在哪儿？管他的。就在野鸭酒店的诱鸟室好了。

然后我再打给汤姆局长。我说我就快能向他报告了，今晚就可以。

从现在开始，至少，我不会再提出任何问题了。除了那些可能会有解答的以外，我不会再提出任何疑问。

　　菲莉达·特劳恩斯已经搬回城里，或是搬到这里的郊区——月亮公园。其实她本身和这件事并没有太大关系，因此，当我开车过河、爬上山腰之时，我感觉心中充满了一股强大的挫败感，因包容力而起的。我心想：要不是她疯得这么厉害，我们大可在电话里谈一谈的。因包容力而起的挫折感，或者说是极端缺乏耐性：现在，马上去把事情摆平？这个精神病女人住在另一个国家，加拿大，不过他们搬回老家了。神志健全的人都不喜欢疯子。珍妮弗也一样不喜欢疯子，因为珍妮弗是个神志健全的人。

　　在电话中，菲莉达努力想告诉我路怎么走，说到后来她自己也迷失掉了。但我不会迷失，月亮公园是我出生的地方，我就住在这里，住在最破旧最肮脏的那一区——穷镇区。过去这里的房子是用木箱板加个尖屋顶，或在煤渣砖上装纸板窗户搭成的，如今又以许多现代化的垃圾来装扮修饰：泡烂的塑料庭院家具、攀缘架、孩童游泳池、一批半拆解的汽车和一群在车里爬来爬去的小鬼。我驾车经过这个老地方，不由得放慢了车速。我们是都搬走了，但我的恐惧仍留在这里，就在这地底下的沟缝空隙中……

　　菲莉达和她继母住在新月区，那里的房子比较大，也比较老旧和阴森。我记得，小时候的万圣节，我们必须互相鼓励壮起胆子，才敢到新月区去讨糖。那时由我带头，我脸上戴着食尸鬼的塑料面具，拉起门环敲了敲。然后，大概几分钟过去，才有一只多筋枯瘦的手从门后探出来，把一小包糖果丢在门毯上。

　　这里刚下过雨，屋子还在缓缓地滴水。

"你和珍妮弗,在 CSU 大学住同一间寝室?"

……是同一间屋子。还有另外两个女生,第三个和第四个女生。

"后来你发病了,对吗,菲莉达? 不过你还是一直撑到毕业。"

……我撑过来了。

"后来你们就没再联络了?"

……我们通过一阵子信。我不太喜欢出门。

"珍妮弗倒是来这里看过你,是吧,菲莉达。就在她死前一星期。"

我在菲莉达说的话前面打上了好几个点,但如果真要算她开口说每句话前的停顿时间,这种点绝不止六个。就像十或十五年前的国际长途电话,扣掉回音不算,速度还特慢,每次都得在你把问题重复第二遍之时才会听见对方的回答……我现在给自己一个警察式的耸肩,并这么想:我完全清楚珍妮弗为什么自杀。她来过这该死的鬼地方。这就是为什么。

"没错,"菲莉达说,"在她死前的那个星期四。"

这个房间虽被尘埃给裹住了,却还是相当寒冷。菲莉达坐在她那张椅子上,像一张真人大小的相片。她的样子几乎与珍妮弗住处的那张相片相同,但颓靡的程度更重了些。挺直,削瘦,淡棕色的头发,目光像一步也踏不进这个世界。在场还有一个男人,年约三十,相貌尚可,蓄着一撮稀疏的小胡子。他一个字也没说,也没朝我们这里看过半眼,只专注地听着耳机里传出的声音。从他脸上看不出他究竟在听什么东西,但有可能是重金属音乐,也可能是"法语自学通"。房里还有第三个人,那位继母。

145

我没看到这个女人，只听见她发出的声音。她跌跌撞撞在里面的房内走动，不时发出呻吟，极其疲惫，仿佛每次都有一个新的具体的障碍物出现在她面前。

"珍妮弗待很久吗？"

"十分钟。"

"菲莉达，你得的是忧郁症，没错吧？"

当我问这句话的时候，我觉得自己的目光一定变得相当残酷。但她只点点头，微笑了一下。

"不过你现在已经控制得很好了，是吧，菲莉达？"

她还是点头微笑。

是啊，多吃一颗药丸，她就会陷入昏迷；少吃一颗药丸，她就会出去买下一架飞机。天啊，这个可怜的女人，她连牙齿都是疯的，连牙龈都是疯的。

"菲莉达，你应该有一张服药表吧？是不是有份登记表？也许你还有那种黄色的小盒子，按服药时间把药丸区分好的那种？"

她点点头。

"帮我个忙，麻烦你去清点一下那些药。不管是锂盐、癫通或哪种药物，你去看看有没有短少。"


在她离开的这段时间，从那个男生耳机发出来的喊喊喳喳声不断传进我的耳里。这声音很像昆虫在嗡嗡叫——一种精神病的音乐。传进我耳朵的还有隔壁房间那个女人的踉跄脚步声与呻吟声，声声都带着让人难以忘记的虚弱，带着一种难以抛开的疲倦与消沉。我忍不住脱口说："她也疯了吗？天啊，我被包围了。"我站起来走到窗边，外头正在滴滴答答，下起了一场雨。就在这个时刻，我暗暗做了个承诺——一个只有极少数人才能明白的承诺。那个继母仍在跟跄行走与呻吟，跟跄行走与呻吟。

菲莉达像个护士一样，在过道上轻飘飘地走来，而我立刻往门口移动。其实在这件案子中，菲莉达本人无足轻重，她只是有一点点关系而已。

"少了多少？"我问，"五颗？六颗？"

"大概六颗。"

问完，我就离开了。


我必须快点、再快点了。因为你瞧，我们转了一圈，就要回到原点了。现在时间是四月二日下午五点，再过一个小时，我就要和保利会面。我会问他两个问题，而他会给我两个答案。然后，一切就完成了。事情就是这样。但我不免又想：这仅止于这件案子吗？这是实情，还是只是我的臆测？只有迈克·胡里罕这么认为吗？

特雷弗说这就像球赛中的"击球预告"。它甚至能迷惑你的眼睛。你召唤一个好球出来，因为你希望它出来。你是如此希望它出来，结果就看见它出来了。你有个信念——要赢，要战胜。结果它迷惑了你的眼睛。

过去我在查办凶杀案件时，总觉得有些案子很像电视剧——只不过是倒着来的。那些笨蛋好像先看过一部杀人推理片（根据真实故事改编？），然后才反过来拿剧情比照办理。电视仿佛是一位犯罪大师，不断向街上的梦游者散播行动计划。你会这么想：这根本已经老套到像蕃茄酱一样，而且还是那种从挤压瓶挤出来、出口附近都已结成一层硬壳的蕃茄酱。

我把一个打得很死的结，松成一堆乱七八糟的线头。如果它并非如此，我又为何会如此看待呢？它是我最不愿意见到的。照这样，我并没有赢。照这样，我也没有获胜。

不过，就让我们和蕃茄酱共处吧——与这些乱七八糟的程序性问题、数字和专家的证词一起，然后可以来干点危险的事。当然，我有可能是错的。

但我们又都回到原点了。


在电话里，我说我会买单，但等我们站在诱鸟室的吧台前，面对着整架各式酒类时，保利摊开一张二十元钞票，问我：

想喝什么饮料？

我说气泡矿泉水。

他语带愉悦，那对双眼皮眼睛则有点不好意思抬起。他显然以为我刚从刑警局下班，又似乎进而认为这是一次等同于约会的碰面。我大感意外，因为以前我一直以为他是同性恋。不过他倒是和我遇到过的病理学家别无二致，好像这种人都忙着乱搞，不是异性，就是同性。

我们谈高尔夫球的五根铁杆，谈棒球的打点，以及下星期六贩毒者队是否有能力打败强奸者队。反正我们什么都谈，直到逮着机会，我才说：

保利，接下来的谈话你就当从未发生过，可以吗？

……什么谈话？

谢谢你，保利。保利，你记得那时解剖罗克韦尔的女儿吗？

那当然，每天要都是能那样就好了。

你的意思是强过被炸死的人，是吗，保利？

是强过浮尸。喂，我们是要讨论死尸吗？还是要聊点活人的事？

保利说的一口好英语，但他长得却像傅满洲[1]的侄子。我看着他的胡子，醒目是够醒目了，但也藏不住参差不齐和稀稀落落的窘况。天啊，他还真像新月区那个戴耳机的男生。我的意思是，这很明显，不是吗：什么事也没发生，为何要留胡子？他的手干净、肿胀而苍白，像餐厅厨房里洗碗工的手。我不免为自己庆幸，我是个有血有肉的活人，而非被冰块裹住的皮囊——尽管如此，当我看着保利这位热爱工作的州解剖官时，心中仍免不了升起一种毛骨悚然的感觉。每隔十分钟，我就会颤抖一下，不过那是因为我想到自己的脸皮有多厚。

"夜色还早，保利。艾瑞克！再来一杯啤酒给诺博士。"

"你知道吗……对于自杀者，他们以前怎么处理？"

"怎么处理？"

"解剖大脑，寻找器官特殊的损害，并研究这个导致自杀的损害是由什么造成的。"

"是什么造成的？"

"手淫。"

"真有趣。我这里也有个有趣的事：罗克韦尔的女儿有一份药物检验报告，你并没有看到。"

"我为什么没看到？"

"那是因为，汤姆局长把它藏起来了。"

---

1 傅满洲（Dr. Fu Manchu），是英国小说家萨克斯·罗默创作的傅满洲系列小说中的虚构人物。号称世上最邪恶的角色。

"好吧。报告测出什么？大麻吗？"接着，他极夸张地做了个惊恐的表情：可卡因？

"锂盐。"

不知怎么的，我们都买锂盐的账，我们都这么轻易相信了。汤姆局长，用最后的理智接受它。海·塔金霍恩，精简确实地进入他自己的小小得分区。特雷弗，因为他相信她的遗言，因为他觉得遗言像证词一样具有特殊的重量。至于我，也一样买账和接受。因为若不这样就……

"锂盐？"他说，"不可能。锂盐？妈的，不可能。"

我们现在所在的地方是诱鸟室，而今天是四月二日，愚人节的第二天：当然，这些并非珍妮弗开的玩笑，而是这个世界愈来愈粗陋笨拙。和上回一样，在这房间的中央，在那架白色的小型钢琴后面，那张睡眼惺忪的……让我重新把这句话说一次吧。在那架白色小型钢琴那里，那位长头发的琴师正在弹奏《夜车》。还真是巧啊。他用的是奥斯卡·彼得森的风格，但加上的是颤音和装饰音，而非热情和力量。我把头转了半圈，以为会看到阿诺·戴比那双像水桶般结实的大腿跨坐在旁边的高脚凳上。但映入我眼中的只有星期一晚上的酒客，还有诱饵、假鸟、墙上成排的烈酒，以及沾在保利胡子上的啤酒泡沫。

我说别提了。如果一个人服用那种东西一段时间，就说一年好了，你会看到什么？

他说哦一定可以看见肾脏损伤的现象。只要吃一个月就会有了，这是绝对肯定的。

我说看见什么现象？

他说锂盐到了末稍血管会有再吸收的现象，此外，甲状腺功能也会不足并产生肿大。

我说那么罗克韦尔的女儿呢？

他说完全没有。她的器官就像图表一样完整。肾脏部分？好得很呐。不对，老兄，应该说是一等一的漂亮。

"保利，我们今天什么也没谈过。"

"我知道，我知道。"

"我相信你会守信用。保利，我一直很喜欢你，也信任你。"

"真的吗？我还以为你对单凤眼有成见呢。"

"我吗？才不呢。"我连忙说，完全出于诚心。此刻我的感觉相当复杂，一阵阵的爱与恨交加而至。不过，我只职业性地耸耸肩说："不会的，保利，你只是太投入工作而已。"

"那倒是。"

"今天聊得很愉快，我想我们下次还可以再出来聊聊，而且单纯是为了了解彼此。关于珍妮弗·罗克韦尔的事，你口风得紧一点，要不然汤姆局长一定会把你调走。保利，你最好相信这点，只要你泄露此事，你就不能继续在巴特利和杰佛逊操刀解剖，只能到殡仪馆当杂工了。不过我相信你，知道你一定会信守对我的承诺。这就是你受我尊敬的地方。"

"再喝一杯吧，迈克。"

"喝了就走。"

我感到如释重负，因而我又补充了这句话："是啊，当然好，为何不呢？再来一瓶气泡水。"

托比去参加电玩大赛了，晚上十一点才会回来。现在时间是九点，我和汤姆局长约好十点钟的时候要打电话给他，所以我还有时间整理一下。我坐在厨房的餐桌前，桌上摆着笔记本、录音机和电脑。我身穿最新的高尔夫球裤，上头有金色的大勾形标识，配上一件白色的布克兄弟运动衫。而此时我心中想的是……唉，珍妮弗，你这个淘气的女孩。

我之所以约好给汤姆局长打电话，是因为我没办法当着他的面讲这些事。原因当然有很多，但其中一点是——汤姆局长很清楚我什么时候会说谎。就像为人父母一样，他会说："看着我的眼睛，迈克。"而我一定没办法这么做。

今天的《时代》报上有一篇文章，讲到一种最近才被界定出来的精神疾病，叫做"天堂症候群"。我心想：就是这个了，这正是珍妮弗患的病症。原来，这种病症是那些无知的亿万富翁的专利（例如肥皂剧、摇滚乐或棒球场上的明星），他们会自寻烦恼替自己找来一堆忧虑。这是一种陷阱，一种埋在天堂里的诡雷。 Zugts afen mir。对我说吧。我环顾我的住处——好几堆半人高的计算机杂志，几张装了框的奖状上面全都是灰尘。在这个龌龊男人和邋遢女人共住的地方，你所能想象的景象一个也不会少。但这里没有天堂症候群，我们都是免疫的。今天《时代》报上另有一篇追踪报导和短评，内容是关于在火星的岩石上发现的微生物。突然，仅凭一小块三十亿年前的精液痕迹，他们便大声说："我们并不孤独。"

我个人并不相信她的事业——她的天分、她的职业抱负——会牵涉上任何事物，其唯一的作用只是拉开了她与他人的智力差距。但就这点，我却有话要说：关于智力差距，在珍妮弗与拉多娜之间、在珍妮弗与迪雷诺之间、在珍妮弗和那个因为一块尿布而杀婴的十三岁女生之间……他们之间的智力鸿沟是巨大的，但是，如果从宇宙整体的角度来看，这道鸿沟或许就没那么宽了。同样，特雷弗是"这星球上最好的情人"——但有多好？米里亚姆是最温柔的母亲——但有多温柔？汤姆局长是最慈祥的父亲，但他有多慈祥？珍妮弗长得很美丽，但有多美丽？无论如何，那只是一张人类的脸而已。它有愚笨的耳朵，乱七八糟生长的毛发，可笑的鼻孔，眼睛和嘴巴都湿漉漉的，后者还长出白色的骨头。

在种种关于自杀的研究中，有一个不成文的规则：愈是暴力的手段，对生者控诉的声音就愈响亮。他们等于在大声说：看看你们逼我做了什么。如果你让自己留个全尸，死亡的样子和熟睡没两样，如此控诉的意味就没那么重，表示你不想责备那些被抛下的人。（被抛下？什么话！他们停止了，我们还在继续向前走。死者才是被抛下的人。）……还是一样，我不相信这点。一个女人用电动雕刻刀切开自己的喉咙——你说她是想到其他人才这么做吗？可是，三颗子弹，像喝了三声倒采。多么漂亮的决断。多么……高傲，又多么的冰冷。她伤害了生者，这是恨她的一个理由。她根本不在乎别人会不会把她当成疯子——所有人，除了我以外。

不公平。她是警察的女儿——她老爸指挥三千个弟兄。她当然知道她父亲会追查她的死因。我敢说，她一定还知道我也会参加调查行动。当然，还会有谁呢？如果不是我，那会是谁？是谁？托尼·西尔维亚？奥坦·欧伯伊？会是谁？当她走向死亡之际，她留下了一个模式，认为这样可以让生者有些安慰。所谓模式，是指过去经常出现的事物。珍妮弗留下了许多线索，但这些线索全都断了头。巴克斯·邓辛格被搞乱的运算系统？此路不通。（有句玩笑话这样说：别拿宇宙磨你的斧头。我的斧头是拿地球母亲磨的。）她疯狂乱买的画？此路也不通——这只是个无关痛痒的马后炮。锂盐这条线也不通，阿诺·戴比那条线也不通。天啊，他竟然只是个幌子。为了阿诺·戴比，我恨了她好几天。憎恶她，看不起她。我不喜欢她以为我会吞下阿诺·戴比——以为我会把他当做合适对象，即使他只是个幌子。但这又来了：真是狗屁，她看过我和谁交往了？从她八岁开始，便看见我和那些痛恨女人、殴打女人的家伙纠缠不清。她看见我的黑眼圈，也看见杜温的黑眼圈。看见丹尼斯和我彼此搀扶一拐一拐地去急诊室外面排队。我不是白白被这些家伙殴打，我们是拳脚相向互殴，至少持续半小时。珍妮弗一定这么想，我最喜欢的颜色就是黑与蓝。从迈克·胡里罕——一个被自己父亲强暴的女人身上，你还能指望什么？的确，我可能会被大块头阿诺·戴比吸引，但为何我不能这么想，珍妮弗也会他妈的笨到极点地被他吸引？她难道没发现我的智慧吗？难道她真的没有？难道所有人都一样，不明白智慧对我的重要吗？因为如果你把智慧从我身上拿走，把它从我脸上移开，那么就可以说我几乎什么也不剩了。

打开无线电，最怕听到的就是在嘎嘎声中传来的那句：检查可疑尸臭。我已经检查过可疑的尸臭了。可疑？才不呢，这是明目张胆的犯罪，出现在这个智障星球上的猛烈死亡的化学作用。我看过许多尸体，死人的身体，在贴满瓷砖的停尸处，在监狱，在地区的拘留所，在汽车行李箱，在工地的楼梯井，在货运码头的通道，在货柜车的回车道，在烧毁的公寓，在街角的外卖餐厅，在错纵复杂的巷道，在地板下的狭小空间……但我从未见过一具像珍妮弗·罗克韦尔这样的尸体，在结束性爱与生命的活动之后，就这么赤裸地坐在那儿，仿佛说：即使这样，全部这一切，我都抛下了。

　　一个记忆突如其来。天啊，这是打哪儿冒出来的？我曾见过菲莉达·特劳恩斯。我是说，在很久很久以前。那是在罗克韦尔家，我裹在毯子里发汗以蒸出酒气。那时我翻过身，伸手摸索窗户的栓子，而她就在那里，离我三英尺远，瞪着我，充满警戒。我们彼此对看，什么事也没发生，只不过是两个鬼魂在说：嗨，伙伴……

　　菲莉达·特劳恩斯仍继续往前走。菲莉达的继母也一样往前走，尽管跌跌撞撞、狼狈呻吟。我们也全都在往前走，不是吗？我们还在坚持，还在继续，还在睡觉、起床，还在蹲厕所，还窝在汽车里，还在开车、开车、开车。我们还在赚钱，还在吃饭，还在一步步改善居家环境，还在等待，还站在队伍中，还在把手伸进皮包摸寻那串钥匙。

　　曾有过孩童的那种感觉吗？阳光照在你出汗的脸上，冰激凌在你口中融化。这种天真的感觉，那种让你愿意把世间愉悦当成一个错误线索抛开的感受？我不知道。那是过去的事了。我有时不免这么想，珍妮弗·罗克韦尔是从未来过来的人。

十点了。我要录音，然后记录下来。

我没有什么好对汤姆局长说的。除了谎言，珍妮弗的谎言。

除此之外，我还能告诉他什么？

局长，你的女儿没有动机。她只有标准，很多很高的标准。那是我们都达不到的。

我和保利在诱鸟室谈话，最后点了第二杯汽泡水——那是一个甜美的时光。一个延长的时刻。比我现在喝的东西还甜美得多。

我要录音，然后记录。噢，父亲……

汤姆局长？我是迈克。

是的，迈克。先等一下，你确定要用这种方式报告？

汤姆局长，我能报告什么呢？人们把自己对准这个世界，人们向这个世界展现出生活。可是你回顾过去，却发现事实并非如此。一分钟前还是阳光普照晴空万里，但等你再抬头一看，天上已乌云密布电闪雷鸣。

说慢点，迈克。我们慢慢讲好吗？

符合标准，汤姆局长，一切都符合标准。你的小女儿垮掉了。没有医生开给她服下去的那个东西，她是从外面搞来的，是从……

迈克，你讲得太大声了。我……

从他妈的外头，汤姆局长。这一年来，她一直在怀疑自己的

156

脑袋。巴克斯·邓辛格告诉我她就快丢掉饭碗了，还讲到什么死亡。关于凝视死亡。然后开始与特雷弗出现裂缝，因为她正在打量别的男人。

谁？哪个男人？

只是另一个男人。在酒吧认识的。也许只是一时打情骂俏，但你知道那代表什么吗？别告诉特雷弗。别告诉米里亚姆，因为她……

迈克，你到底怎么了？

是模式，全都是典型，汤姆局长。是屁，一切都是狗屁。

我过去找你。

我不会待在这里。你别过来，我好得很。我没事……真的。等等……这样好多了。我只是被这些事情搞得有点沮丧，不过现在没事了。至于你，你也要让这件事情过去，汤姆局长。我很遗憾，长官。我真的很遗憾。

迈克……

事情就是这样。


一切……结束了。全都过去了。现在我要前往巴特利街上那一长排酒馆。我想要打电话给特雷弗向他说声再见但电话铃声又响了起来而且夜车也开过来了我还听见那个没老二的饭桶正把楼梯压歪上楼来我会给他颜色瞧只要他敢挡我的路或给我那种表情或张开嘴巴吐出任何一个字。

Martin Amis
**NIGHT TRAIN**
Copyright © 1997 by Martin Amis
Simplified Chinese edition copyright：
2023 SHANGHAI TRANSLATION PUBLISHING HOUSE（STPH）
All rights reserved.

图字：09‐2013‐385 号

**图书在版编目(CIP)数据**

夜车/(英)马丁·艾米斯(Martin Amis)著；何
致和译.—上海：上海译文出版社，2023.9（2024.5 重印）
（马丁·艾米斯作品）
书名原文：Night Train
ISBN 978‐7‐5327‐9354‐9

Ⅰ.①夜…　Ⅱ.①马…②何…　Ⅲ.①长篇小说－英
国－现代　Ⅳ.①I561.45

中国国家版本馆 CIP 数据核字(2023)第 132043 号

**夜车**

[英]马丁·艾米斯　著　何致和　译
责任编辑/徐　珏　装帧设计/董茹嘉

上海译文出版社有限公司出版、发行
网址：www. yiwen. com. cn
201101 上海市闵行区号景路 159 弄 B 座
苏州市越洋印刷有限公司印刷

开本 850×1168　1/32　印张 5.5　插页 6　字数 88,000
2023 年 9 月第 1 版　2024 年 5 月第 2 次印刷
印数：3,001—4,000 册

ISBN 978‐7‐5327‐9354‐9/I·5839
定价：76.00 元